Eckart Hofmann

AF216206

Der Getränkehändler

Roman

Eckart Hofmann

Der Getränkehändler

Roman

Bibliografische Information der Deutschen Bibliothek:
Die Deutsche Bibliothek verzeichnet diese Publikation in der
Deutschen Nationalbibliografie; detaillierte bibliografische
Daten sind im Internet unter *http://dnb.ddb.de* abrufbar.

Impressum
© 2018 Eckart Hofmann
Satz und Layout:
    Keysselitz Deutschland GmbH, München
Umschlagabbildung:
    Elisabeth Bernhardt
Herstellung und Verlag:
    BoD - Books on Demand, Norderstedt
ISBN 978-3-7481-1351-5

In dieser Richtung befindet sich das Freibad. Etwa dort, gleich hinter den Bäumen. Hier rechts, seine elterliche Wohnung. Der 3. Stock des vorderen Gebäudeflügels. Schräg gegenüber der Weg zum Turm. Ziemlich steil. Fast senkrecht. Das gilt vom Standort der Litfaßsäule aus. Er betrachtet alles vom Standort der Litfaßsäule aus. Auch, wenn er auf der Bank sitzt.

Er sitzt nun öfters auf der Bank, drüben, neben dem kleinen Brunnen. Früher hielt er sich auf einem der unendlich vielen Standplätze um die Litfaßsäule auf. Mit einem viertel Blick auf das Freibad, einem viertel Blick auf das Elternhaus und einem viertel Blick zum Turm. Überlappungen ignorierte er. Ebenso den Ausschnitt, der ihm so bitter mitspielte. Der ihn glauben machte, die Welt nicht mehr zu verstehen. War das Fenster beleuchtet, war einer bei ihr, war es dunkel, sie bei dem.

Ein Liebespaar in einem alten Mercedes parkt an der Litfaßsäule. Er beobachtet es von der Bank aus. Doch es lässt ihn kalt. Auch das Küssen. Das ist für ihn vorbei. Das hat er hinter sich gelassen. Er blickt zum Badegelände, zum Elternhaus, zum Turm. Daran kann er sich aufrichten. Das war das Seine. Dem Heutigen lässt er seinen Gang. Auch wenn das Autoradio Nachrichten sendet, die Wirtschaft boomt, die Grenzen gesichert und die Glückszahlen ermittelt sind.

Liebe, sagt er sich, das war mal. Seinerzeit im Schwimmbad. Davon hatte er sich viel versprochen. Das hatte sich für ihn auch so angefühlt. So, als könne alles gut werden. Da stak seine Hoffnung drin. Und in der kleinen Firma. Getränke. Sobald etwas ins Laufen kommt, geht auch das Geschäft mit den Getränken. Das hat er früh erkannt.

Der alte Mercedes fährt vor. Die Scheibe wird herab gedreht:

»Haben Sie Feuer?«

»Leider nein.«

»Schade, ich bin verliebt, seit heute Mittag auf der Liegewiese. Er gefiel mir sofort. Ich bot ihm Platz auf meiner Badedecke, etwa die Hälfte, links von mir, und wartete, bis er mich küsst, unglaub-

7

lich weich, wie fromm und ohne Zeit. Mein Studium habe ich abgebrochen. Er besucht noch das Gymnasium. Sollten seine Eltern deshalb etwas gegen mich haben, verführe ich seinen Vater. Dann haben sie den Salat.«

»Es sind jetzt welche bei der Litfaßsäule. Vielleicht haben sie Feuer.«

»Danke, wir hätten uns gerne zu Ihnen gesetzt. Es tut gut, sich mitzuteilen, so unvermittelt und im Übermut. Doch nun versuchen wir es drüben.«

Er beobachtet sie die Scheibe hochdrehen. Ihn den Wagen wenden. Das Fahrzeug sich der Gruppe nähern.

»Habt ihr Feuer?«

Er hört die Worte nicht. Entnimmt sie seiner Annahme. Einer Art Schlussfolgerung. Werden sie missverstanden, werden die Autotüren aufgerissen, ertönen Schreie, Schläge, Fußtritte, eilt er hinüber.

»Verschwinde Alter!«

»Sie wollten doch nur Feuer.«

»Du sollst verschwinden!«

»Aber er blutet.«

»Gleich auch du.«

Er besteigt den Turm. Blickt auf das Freibad, über die Baum - kronen hinweg, wurmfarbenes Gewimmel, Wiesenpilze, Kindergekreische, Bademosaik. Außerhalb die Litfaßsäule, ein rotbunter Fleck. Seine Erinnerungen versucht er neutral zu halten. Das Persönliche außen vor zu lassen, auch wenn es ihm nachgeht; das Blitzen der Hassaugen, die Schläge, das Brechen, die Schmerzen, der Blutverlust, die Klinik, der geringe Besuch, die anhaltende Vernehmung.

Den Turm besteigt er nun für gewöhnlich. Es tut ihm gut, der Abstand. Der unverstellte Blick. Das distanzierte Versöhnen. So ist er zufrieden. Damit kann er leben. Falls ihr Freund den Überfall überlebt, würde sie ihn als dessen Lebensretter betrachten.

Das hat sie ihm zugesichert. Doch das Ausmaß der inneren Verletzungen zwingt abzuwarten.

Von den Zinnen aus beobachtet er Einzelne, Pärchen, Gruppen mit ihren Badedecken Wiesensegmente belegen. Cliquen eher das linke gleich neben dem Schwimmbecken. Familien das hintere am Spielplatz. Verliebte unterhalb, zwischen den Büschen. Singles den Mittelteil um die Pappeln. Eine vertraute Zuordnung. Eine, die der seiner Jugend entspricht.

Doch damals, als er nicht mehr mit ihr zwischen den Büschen lag, sie jedoch wieder, irrte er über die feuchtgrünen Wiesenflächen, setzte sich aufs Brückengeländer, auf das heiße, glattkantige Balkenholz und weinte. Das war hart für einen wie ihn. Weil es schön war mit ihr. So, als lägen sie noch. Gleich den beiden dort unten. Zum verwechseln, er und sie einst und die beiden jetzt.

Seinerzeit hatte er nicht auf sie zu hoffen gewagt. Auf ihren Zuspruch. Stufte sich niedriger ein. Eine Spur unterhalb der Erfolggewohnten. Weniger eifersüchtig als sekundär balzend. Liebäugelnd mit den Überbleibseln, den Randstücken der Poussiermasse. Doch sie nahm ihn wie Schicksal, betrat das Freibadcafé, setzte sich neben ihn, lutschte eine Eiskugel im Hörnchen, stellte ihren Fuß nach rechts, berührte seinen linken und wartete. Um sie anzublicken, musste er den Kopf wenden. Möglichst unaufgeregt. Im Freibad galt sie als die Schönste. Das wurde von niemandem bestritten. Entsprach der allgemeinen Auffassung.

Dann zitterte er doch, beim Feuer Geben, mit seiner rechten Hand nach links, nahe ihrem Mund, Bikini, mittelgroß, blond, halblange Haare. Man kannte sie vom Sehen. Mal kam sie von der hinteren Wiese nach vorn, bog seitlich zum Becken ein, oder über die Brücke, zum Spielplatz, den kleinen Geschwistern, mal ums Eck, vom Café, zur Umkleide, Figur, Gang, Blick. Man hatte sich ein Bild gemacht. Mit wem zum Beispiel sie etwas hatte. Doch letztlich waren es ihre wild aufstrebenden Wangen und der Fleck über dem Frauenmund.

Er weiß um die Erinnerungen. Besteigt ihretwegen den Turm. Auch wenn er sich gegen sie verwahrt. Sie versucht ins Derzeitige zu drängen. Habe sich doch, wie der Turmwächter bestätigt, der Überfall an der Litfaßsäule schon am Mittag angebahnt. Hier unten auf dem Badegelände, an der oberen Wiese, von wo aus die Schlägerbande die beiden beobachtete und dann rechts an ihnen vorbeischlenderte. Wie man es von denen kennt. Mit verdruckst gedrehten Hornleibern. Grashalm im Mund. Der Letzte mit Kippe. Den Filter schnipsend.

Sie hatte sich nichts anmerken lassen, den Blick auf deren Oberkörper vermieden, ihren Arm um den ihres Freundes gelegt und den Kopf darunter vergraben. Als die Schläger sich umwendeten, wie Despotensöhne, fühlte sie sich genötigt, ihm zuzugestehen, dass sie etwas mit ihnen habe. Es mit ihm zwar schön sei und auch das Küssen, sie aber zurück müsse, nicht einfach bleiben könne, schwieg jedoch.

Sobald die Schläger wieder erscheinen, beschließt er mit einem nochmaligen Blick über das Badegelände, wird er sie zur Rede stellen. Dazu ist er entschlossen. Denn man vergisst es nie, das Rohe, das Brechen, das Blut, die Ohnmacht. Nicht der Schmach wegen, die scheint unumgänglich, aber des Weiteren, Folgenden, Zukünftigen halber.

Das Frühere, führt er den Gedanken fort, ist in seinem Alter ohnehin nur Farce. So ganz für sich. Spiegelbildlicher Übergriff. Der wird reguliert. Man verschiebt die Wiesenrechtecke, versetzt die Brücke, durchquert das Mittelstück, öffnet die Umkleide, dringt in die Kabine, mustert die Figur: nackt wie Betrug. Wie will sie das verwalten, vor dem Erzmann, dem sie sich nicht entziehen kann und ihre Geschwister rufen, die kleinen, von drüben, vom Spielplatz.

Es dauert Wochen, bis sie ihm winkt, von der mittleren Wiese zum Turm hinauf, mit dem Badetuch in der Hand. Ihn auf die Bande, deren Opfer er und ihr Freund geworden sind, aufmerksam macht. Wie vereinbart, ohne Anzeige, ganz unter sich, falls sie erscheinen.

Augenblicklich steigt er hinab. Etwas mühevoll. Die 236 Stufen zur unteren Plattform. Teils Wendel-, teils Gradlauftreppe mit Absatz. Als Junge, sprang er von einem zum anderen. Überließ die Stufen den Alten. Verharrte am Turmfenster. Sah hinüber zum Kanonenplatz. Auf die Stadtseite, von wo aus sie schossen. Er schoss zurück. Man konnte sich nicht genug darin üben. Es war immer Erbfolgekrieg. In der Diele seiner elterlichen Wohnung, auf der kunstvoll verstrebten Holzbalustrade, seinem auserkorenen Schlachtross, da ritt er, Ludwig, der Franzosenkönig, dem Österreicher entgegen, kaum war Mahlzeitende, mit einer Hand am um die Säule gelegten Hosengürtel, der anderen am vom Vater gehobelten Holzschwert, Symbol seiner Kraft, seiner Übermacht, Kleinod mit Knauf, Heft, Parierstange und Scheide.

Von Zeit zu Zeit stieg er vom Pferd, schritt den Kampfplatz zwischen Dielenschrank und Ofenbank ab, stellte den Österreicher, rang ihn nieder, erhob sich, zog die Klinge, schwang sie und setzte den Hieb.

Nun betritt er das Freibad. Nach solch langer Zeit. In seinem Alter. Hält Ausschau nach der Winkenden, die nach drüben, über die Hauptwiese, zum Hang, zum Zaun hin zeigt, wo sie liegen, die Schläger, zu fünft und grinsen.

Er schlägt die Richtung ein. Hält an der Bachbrücke inne. Sieht noch einmal zu ihr zurück. Denkt an ihren Freund. Das Koma. Das quer ins Krankenzimmer geschobene Schläuchebett. Die Apparate. Die Ruhe mit Frequenztönen. Erinnert die üblen Tage. Dass er selbst mehr Glück hatte. Schneller wieder auf die Beine kam. Und nun hat sie gewunken.

Außer ihm sind alle in Badekleidung. Sie wirkt jung. Er wendet sich ab. Betritt die Brücke. Nähert sich dem Spielplatz, von wo die Kinder schreien, als würden sie geschlagen, oder gekitzelt, oder gejagt. Kreischen, wie lachen und weinen. Eventualitäten im

Sand. Am Gerüst. Auf der Schaukel. Fast immer wie Krieg. Angriff, Gemenge, Versöhnung. Die muss man lassen, sagt er sich, die Paff-Kanonen, das Schaufeln, die Erektionen im Bewahrten.

Er überquert die Wiese. Geht auf den Hang zu. Nähert sich der Bande. Stellt sich vor ihr auf. Staunt, wie höflich sie sind. Gibt sich zu erkennen. Die Schläger sich ebenfalls und behaupten, sie hätte es mit jedem von ihnen gehabt.

»Und wenn«, hält er entgegen, »es geht um die Gewalt, die Demütigung, die Scham, die Mühe der Rehabilitation.«

Er fühlt sich von ihr beobachtet. Für verrückt befunden, mit denen zu sprechen. Schon, wie sie vor ihm lägen. Ihn ansähen. Vier nebeneinander, der Fünfte dahinter, sitzend, direkt über ihren Köpfen, das Badetuch zerknüllt im Gras.

Vorsichtig versucht er sich der Bande zu öffnen, Kränkung anzudeuten, Betroffenheit in Teilaspekten, Bruchstücke von Verständnis, wofür sie ihm Gehör schenken und nacheinander die Hand reichen, vorgebeugt, mit hochgedrehten Augäpfeln und drohender Stimme: Wenn er sie melde, das heißt, verrate, dann sei er dran, aber dieses Mal richtig.

Seine Augen suchen die Winkende. Finden sie verschwommen. Sich ins Damals verlieren. Brause trinken. Unter aufgespannten Niveaschirmen. Kiosksonne. Eine der Fußsohlen aufwärts geknickt. Die Ferse in Teerknete. Gelbliches Wasser an der Kabinenwand. Das Langneseeis verläuft. Er gibt ihr Feuer, etwas ängstlich, zittrig, während sie ihren Arm um seine sonnenbrandgerötete Taille legt, auf die fasrig sich lösende Haut über den leicht herabgezogenen Halbstarkenshorts.

Zu sprechen wagt er nicht. Empfindet Scham. Sie dagegen bekundet Zuneigung. Ungeniert, vor all seinen Freunden. Schenkt ihm ein Foto von sich, als Beweis, für die Kameraden, die deshalb schweigen, sich umständlich verhalten, ungelenk, während sie vorgibt, nach ihren kleinen Geschwistern zu sehen und für den Abend nachfragt, ob er sie auf den Turm begleite, wo er annimmt, sie wolle küssen.

Die Erinnerung verblasst. Er sieht sie erneut winken. Als wolle sie ihn warnen. Ihn auf sein Alter aufmerksam machen. Den Bluthochdruck. Die Gelenke. Das Gebrechliche, das Unerlässliche des Fahndungshinweises. Allein schon versicherungstechnisch, würden sie nämlich eingelocht, die Schläger, die Kripo hätte nur darauf gewartet. U-Haft bis zur Verhandlung. Das scheint ihm verhältnismäßig, bei aller Sympathie, allem Wohlwollen und hinreichendem Verständnis für deren unverblümtes Drohen: Du Schwein. Was meinst du wohl, warum wir das machen? Nimmt man uns die Mädchen? Einfach so? Irgendein anderer? Und wir sollen zusehen? Von der Litfaßsäule aus? Ob er bei ihr ist oder sie bei ihm? Wer hält das aus? Lässt sich das bieten? Wir machen dich fertig. Fackeln dir dein Getränkelager ab. Zerkleinern dir deine Sitzbank. Merk dir das, Alter, und nun hau ab.

Er überquert die Brücke. Geht auf die Winkende zu. Postiert sich vor sie. Fragt nach dem, was sie mit denen habe. Sie wollte es ihrem Freund noch eingestehen, antwortet sie, die Sache klären, hätte aber geschwiegen und ihr Gesicht unter ihrem, über seiner Schulter liegenden Arm verborgen. »Heute, in der Klinik«, fügt sie unvermittelt an, »zeigte sich sein Zustand verbessert. Er reagierte auf Druck meiner Hände, ungerichtet mit Massenbewegungen. Ich pendelte dann durch sein Augenschielen, lächelnd und sehr behutsam, falls er aus dem Koma erwacht. Doch nun muss ich hinüber zum Hang, sonst meinen sie, ich hätte etwas mit Ihnen. Peinlich, bei Ihrem Alter, doch, was ist schon unmöglich.«

Zurück auf der Sitzbank verfällt er ins Grübeln: Von wegen abfackeln, das Getränkelager gehört ihm schon lange nicht mehr, der einstöckige Flachbau und heutige Videopalast zwei Straßen weiter, keine drei Minuten von hier, lediglich von Bürgerhäusern verdeckt. Hätte sich der Bahnhofsneubau nicht verzögert, stände er gut da. Er hatte investiert. In den Getränkeshop im Zentrum der Wartehalle. Es auf eine Art sesshaft versucht. Durchaus auch mit Snacks, Feinkost, beziehungsweise kleinen, mediterranen Köstlichkeiten.

Doch bis das Gebäude endlich fertiggestellt war, ging er bankrott, wurde ihm der Kredit gesperrt und der wegen der Bauverzögerungen zu Konsequenzen gezwungene Bauleiter mit einer Million abgefunden. Entsprechend dem Vertrag.

Das ist das Leben, denkt er, wenn der Litfaßsäulendienst die alten Plakate abschlägt, fällt es aufs Trottoir, als Papierbrocken verklebt, komprimierte Unterhaltung, Theater, Ausstellungen, Konzerte, Filme, Vorträge. Doch heute sterben die Säulen aus. Sie ist eine der letzten. Die beklebten Betonringe werden durch Metall verstrebtes Plexiglas ersetzt und mit Leuchtfolien versehen. Aber Leben, glaubt er, leuchtet nicht. Leben ist verklebt.

Natürlich hätte er bei der Vernehmung einräumen können, die Täter seien ihm bekannt. Dass er zumindest wisse, um wen es sich handle. Um welches Gebaren vor allem. Welche Einstellung und den Hintergrund. Es ihnen ohnehin anzusehen sei, beziehungsweise ins Gesicht geschrieben, und es an Warnungen nicht mangelte. Er sozusagen Bescheid wusste und nicht auf ihren Hinweis angewiesen war, ihren Wink, den Fingerzeig nach drüben, zum Hang, zur Schwimmbadumgrenzung, und er sie deshalb getäuscht hat, wie auch die Behörde, und Gefahr läuft, sich selbst zu verwickeln, den Standpunkt zu verlieren, unsauber zu trennen, Phasen zu verdrehen, beziehungsweise als Opfer den Täter herauszukehren.

Doch verdiene sie es nicht anders, trotzt er seinen Bedenken, er habe bitter genug gelitten. Ein Viertel Perspektive vergeben. Überschneidungen missachtet. Das hintere Wiesenrechteck gemieden, die Büsche, gleich neben der Brücke, etwas unterhalb, wo sie lagen, er und sie, und plötzlich Schläger kamen, Feinde, Österreicher, Franzosen, Van Werth absitzen ließ, der Reiter - general die Fußtruppen verstärkte, Feldmarschall Mercy mit blankem Säbel kämpfte, der Nachschub unterbrochen wurde, die Schanzen nicht zu halten waren. Oberst Turenne stieß in die Bresche. Zangengriff. Landregen. Dass nur das Pulver trocken bleibt. Raus aus den Gräben, nachsetzen, Durchbruch. Zwischen

Balustrade und Ofenbank, auf dem Dielenboden, dort wird die Schlacht entschieden.

Auf den Turm zu steigen, lässt er sich Zeit. Die Beine. Einmal täglich, das schafft er noch. Teilt es sich ein. Die Kraft. Die Rente. Das Optimistische. Das Leidliche. Die Last des Erinnerns: Soldaten, verblutet in Scharen, über Wiesenhänge verstreut. Die Schanzen sind längst abgeräumt. Die Bauern verhungert. Ihr Vorrat von den Truppen verbraucht. Vierzigtausend Mann. Aufgestellt zum Töten. Drüben, am Westhang steht ein Efeukreuz. Zum Gedächtnis. Die Straßen sind nach den Generälen benannt, parallel zum Freibad, quer dazu und schräg nach oben. Fünfstöckige Bürgerblöcke mit Feldherren vor der Hausnummer. Da ist man aufgewachsen.

Noch einmal Tausend, haben sie befohlen, wenn der nicht nachgeben will da droben, hinter der Schanze, der Österreicher. In der Nacht würde neu gezeugt, dafür hätten wir die Stadt, wenn draußen Soldaten verbluten und die Bauern verhungern.

Doch sie, entsinnt er sich, sie wollte küssen. Mit Leuten plaudern, wie glücklich es sie mache. Durch die Wiesen laufen, nicht wissen, nicht ahnen, nur laufen, rennen, stürzen, lachen, küssen. – Du mein Lieber, du, du, denke, jeder Finger, jeder Finger ist eine Liebe, jetzt streichle mich, du Tausendfüßler, du unendlicher Pikser, Rosenmann, steche mich beim Wälzen, über die und die und keine auslassen, alle Wiesen, man weiß ja nie. Ist das meine, wo ist deine, wessen Haut, nicht aussetzen, nicht inne halten, nicht nachdenken, da und darunter, du und ich. Vorsicht, die Büsche, das Wiesensegment am Bach, gleich nach der Brücke, wenn sie rufen, ich muss mich beeilen, mich kümmern, um die Geschwister kümmern, bleiben kann ich nicht. –

Er ist einverstanden, als sie sich zu ihm auf die Bank setzt und seine Erinnerungen in die Lücke sacken, die sie zwischen ihnen lässt. Das hat sich seit dem Überfall bei ihm so eingespielt. Das Fallen von Gedankenlaub. Dessen erwehrt er sich nicht. Bekommt er Raum für den Ausklang, wechselt er leicht ins Jetzt.

Erkundigt sich nach ihrem Befinden, dem ihres Freundes und dem Ermittlungsstand.

Bezüglich der Täter bleibe er dabei, sie nicht zu melden. Man müsse nur anders denken, rät er, dann falle es leicht. Wo es doch nicht in Ordnung war, wie man dachte. Es nur irgendwie passte, die Wiesen hoch ins tödlich schnelle Blei.

Jetzt sei er alt. Und falls der Vater ihres Freundes keine Ruhe gäbe, fände er ihren Vorschlag angemessen, ihn zu verleiten. Das ermuntere, frei zu denken. Freude am Schweigen zu verspüren, wo man auszusagen hätte, an den Videopalast zu urinieren, als sei er sein eigen, oder in Erinnerungen zu schwelgen, als geschähe es jetzt.

Das Alter, merkt er an, sei ohnehin verlässlich. Sei bedingungslos vertrauenswürdig. Wie Schrägen, die auf einen Punkt zulaufen und irgendwie nicht auseinander.

Falls sie es wünsche, könne er sich auch die Treppe vom Turm herunterstürzen und den Vater ihres Freundes beschuldigen. Auf Nachfragen würde man einräumen, ihn schon beim Vorfall an der Litfaßsäule geschützt und Jugendliche als vermeintliche Täter vorgeschoben zu haben. Das wäre dann wie ein Schlachtplan. Von vorne und von der Flanke.

»Ja, wenn mein Freund so daliegt«, knüpft sie an, »ohne Bewusstsein, glaube ich, dass er nicht hört. Nicht wirklich folgen kann. Sich nicht erwartungsgemäß verhalten und zu wehren vermag. Da bekomme ich Mitgefühl und möchte, dass sein Vater es schön hat mit mir.

Doch ohne Interesse geht das nicht. Auch nicht von meiner Seite. Es ist ja sein Vater und die Mutter ist nett. Sie sieht das ohnehin freier. Eher, wie sie es selbst gerne hätte, nachdem sie es lange fest und sicher wollte. Im Anständigen eben. Das wäre dann nicht mehr so, wüsste sie von mir und ihrem Mann. Wünschte dann lieber einen Fuß dazwischen. Da wie dort.

Manchmal spüre ich es auch, das Freie und Feste zugleich. Stellen Sie sich vor, wir würden seine Ohnmacht testen, indem wir es vor ihm täten, im Rahmen eines zufällig zeitgleichen Krankenbesuchs, sein Vater und ich, vor dem Intensivbett, darauf achtend, ob er zuckt.

Über was man mit Ihnen alles sprechen kann. Nicht, dass Sie denken, ich wäre so. Das hat mehr mit Ihnen zu tun. Vielleicht mit Ihrem Alter, obwohl ich weiß, dass auch Sie nicht so sind, lediglich irritiert sind, weshalb ich Sie auch unterhalte, beziehungsweise ablenke, weil Sie das brauchen. Sie können ja nicht einfach ins Freibad nebenan und sich herumtreiben. Mit Shorts und spucken. In Ihren Jahren. Das wäre Anmache. Das überlassen Sie lieber den Träumen oder der Erinnerung, wie Sie sie nennen. Man wirkt in Ihrer Situation nun einmal besser solide. Wohnung, Frau, Grabpflege, Kinderbesuch, Enkel, Neffen. Auch das Friedliche hat seine Gestalt. Darin unterscheidet es sich nicht von Schlachten. Das sieht man an unseren Frisuren. Man braucht nur zu vergleichen, Kriegsschnitt, Friedensschnitt. Das traut man uns Jungen nur nicht zu. Das ist wie eine Schicht, in der wir darum wissen. Da bleibt einem nichts erspart durch die Zeit. Vor allem nicht das Arge.

Nun muss ich aber los. Beschaffe mir noch ein Video im Palast. Jetztzeit in 3D oder Science-Fiction.«

Sie erhebt sich von der Bank. Überquert die Straße. Erreicht das gegenüberliegende Trottoir. Folgt ihm. Biegt nach links ab. Hinterlässt den Klang von Absätzen. Entfernt auch diesen. Zieht ihn in den wachsenden Abstand, wie Ungeduld, wenn es genug erscheint und die Umrisse verwischen.

Ähnlichkeit, denkt er, ist es nicht. Dafür bewegt sie sich zu eigenwillig. Tänzelten damals doch züngelnde Flammen die Wiese herab, der Brücke entgegen, zum Spielplatz hinüber, wo die kleinen Geschwister ihr Brüllwerk einstellten und um die Gunst ihrer ewigen Schwester buhlten, um den sich ihnen zuneigenden Busen, Idol und uneingeschränkt Braut zugleich.

Seinerzeit sah er sie und sie ihn, als sage sie, dass sie ihn will und es Verliebtheit sei, ohne Grund, nur Verliebtheit. Von da an ließ er das Angeberische beiseite und versuchte den Kameraden gegenüber loyal zu sein. Vermied jede Hervorhebung. Dennoch gerieten diese, der standardisierten Cliquenkonstitution zum Trotz, ins peergruppeninterne Statusverschieben. Wohl wurde ihm ein guter Geschmack zugesprochen, was sollten sie auch anderes sagen.

Das ist vorbei, zügelt er seine Erinnerung, es sind Jahrzehnte, und die Ernüchterung erfährt ihr Dulden über die Zeit. Doch später, mit den Getränken, hält er fest, sah er sich auf der sicheren Seite, vorausgesetzt, man wäre ins Geschäft gekommen und hätte eingerastet, wie ein Rädchen, ohne das der Durchlauf stockt. Im Zentrum der Bahnhofshalle, das brachte Schulterklopfen ein und das Verstummen des Gemunkels, um seinen Getränkehandel stände es schlecht: Zu klein und zu viel Brause.

Ist es doch immer gut, stellt er sich aufkommenden Zweifeln entgegen, wenn Altes wegkommt und man mitgeht mit dem Wechsel. Säfte, Weine, Biere, Snacks. Cocktails, den einen oder anderen, Hauptsache man weiß Bescheid. Zusammensetzung, Anbau, Sorte, Gärung, Reifung, Qualität, das ist keine Glück - sache, entspringt lizenzbedingter Beschäftigung mit Stoffum- setzungsverfahren, thermisch, biologisch, eventuellem Zucker- zusatz, Abfüllung, Lagerung, man ist ja kein Zigeuner, wie man sagt, sondern ansässig. Im Zentrum der Halle, wo Fremde als auch Einheimische verkehren. Über die Theke hinweg. Dem will man Rechnung tragen. Dem Business-Geschäft, dem Touristi- schen, dem Multikulturellen, dem Migranten-, Bahnhofstreicher- und Studententum. Co-Existenz, das sollte echt wirken. Gastro- nomisch unangreifbar. Keine Unterhaltung, die an Säulen klebt, vielmehr Begegnung und Verzehr im Durchlauf.

Das ist nicht selbstverständlich. Kein Reisetrott. Man traut ihn einem nur nicht zu, den Qualitätssprung, den Zugewinn bei der- art konformem Warenlager, Lieferwagen und Grundeinkommen, dem Ringen schlachtender Fehden im Bauch, feinem Tuch von Liebelei und staunender Freu- und Weinaugen.

Er plante seinerzeit bewusst nicht nostalgisch. Adaptierte zeitgemäßes Design. Kumulierte reisemagnetische Impulse und ersann ein knallbunt, von Durchsage- und Talkrinnen durchzogenes Bahnhofsflair mit Schwerpunkt auf schnell verzehrbare Luststiller.

Der Einrichtungsberater versuchte zu bremsen. Bahnhof sei Bahnhof. Da kämen welche, die wollten warm, einer einen Kaffee, weil er die Nacht nicht schlief, und zwei das Eck zum Flirten. Geputzte Schuhe seien selten. Ebenso Worte. Deshalb bei Steinboden belassen. Bier ginge immer, schaffe aber Ärger. Glatte, unverstellte Flächen, beständiger Glanz, schneller Zugriff, Ware, Kasse, das müsse laufen. Täuschen dürften nur Spiegel und Licht. »Sie verstehen, indirekt reflektierende Kunstbeleuchtung. Übrigens, wenn Sie sparen wollen, günstiges Material in funkelnder Verkleidung. Ansonsten auf Frische achten, schon wegen der Kontrolle.«

Als Einrichtungsberater, widersetzte er sich diesem, könne er um solches doch gar nicht wissen. Um das Kühlgrüne, die feuchthaftende Glätte, das leise austretende Pfusen, die zunehmende Schräge, den schwappenden Guss, den gischtweißen Schaum, das Wölben am Glasrand, das Klacken der aufsetzenden Flasche. Das stimme doch nur im Verhältnis. Habe ungemein mit dem Kunden zu tun. Dessen eigensten Beweggründen. Der daraus resultierenden Handhaltung. Dem Zugriff. Der Zuführung zum Mund. Der Teilübernahme durch die Lippen, während die Pupillen über die Hocker schnellten, ob leer, ob besetzt, zum Ausgang, zur Decke, eventuellen Ästen, zum Barkeeper, als sei es Observation, vom Affen abgeschaut, dann der Schluck und eine vorübergehend mit überhöhter Trinkgeldbereitschaft einhergehende Dankbarkeit. Weiß man denn, ob der Getränkewagen zum Abteil gelangt, während des Vollzugs, von da nach dort und anhaltend lästigem Durst?

»Würden Sie dies alles bedenken, als Spezialist für Raumausstattung«, beschloss er seinen Einwand, »nähmen Sie Hartholz, unlackiert und weißes, helles Licht.«

Ja, das hat er sich bewahrt, das Augenmerk auf das Praktikable. Auch wenn der Shop nie in Betrieb genommen wurde, täuschen war nicht das Seine. Es ging ihm immer um die Sache, stellt er zufrieden fest und blickt zum Elternhaus, zum Schwimmbad, zum Turm, zur Litfaßsäule, dem großflächigen Plakat mit der Zigarettenwerbung, französisch, filterlos, schmal, lang, weiß, quer über die beige gebleichten Boulevardfassaden von Paris hinweg, der Ausstellungsterrasse des Centre Pompidou, über den eingerüsteten Saint-Jacques, das fähnchenbehangene Hotel de Ville, die filigrane Saint-Chapelle, die Sandstrahl gebleichte Notre-Dame, das kommerzialisierte Quartier Latin zum Pantheon hinauf, über den laubbunten Jardin du Luxembourg zur goldgewölbten Kuppel des Invalidendoms etwa in Höhe der Glut.

»Rauchen Sie?«, lässt sich fragend ein Unbekannter neben ihm auf der Bank nieder, »den wahren Genuss, das kann ich Ihnen versichern, bieten nur die Französischen. Dunkler Tabak, grob geschnitten, naturfermentiert.

Ein Plakat ist ein Plakat und keine Stadt, werden Sie mir entgegnen, aber deshalb ist es noch lange kein Plunder, vielmehr Ausdruck. Ausdruck pulsierenden Lebens, durchfluteter Arkaden, gelber Platanenalleen mit Leuchtgirlanden, angestrahlter Palaststeine, vorgerückter Warenauslagen, grellheller Dekoration, von Jalousien, Autoschlangen, Busspuren, Leihrädern, Hundelachen, Reinigungsbächen, Stofflappen, U-Bahnschächten, Mischlingen, Schlipsträgern und Anmachern, jetzt, am Morgen, später und in der Nacht.

An jeder Ecke Bistros, und der Zigarettenrauch kriecht an von Haken umsäumten Kleiderständern hinab, über Glanzsteinboden, Teakholztheken hinauf, dicht gebündelt, zu grauen Aschenbechermasken, die man benützt oder nicht benützt. Das ist französisch, das lässt sich nicht verbieten, höchstens unsichtbar machen. Oder meinen Sie, man sitzt da und folgt mit den Augen den Scheinwerfern, immer noch ein wenig gelb, schlürft Espresso, liest Figaro, Madame, schaut auf, nickt, blinzelt, zahlt? Nein, man raucht mit rechts und trinkt mit links. Lassen Sie sich von dem Rauchverbot nicht ins Boxhorn jagen und dessen vordergründiger Einhaltung.«

Er zögert, dem Unbekannten zu antworten. Windet sich. Mutmaßt Überstürzung, die später nur in unangenehme Redepausen münde. Würde lieber über Getränke sprechen. »Was trinken Sie für gewöhnlich, in Ihrer Freizeit oder der Mittagspause, falls Sie gerade in Deutschland sind? Mit dem Rauchverbot haben Sie recht. Daran hält man sich bei uns. Doch haben Sie etwas gesagt? Ich war kurz in Gedanken, über Sie, über das Plakat, als seien Sie eben aus diesem herausgestiegen. Übrigens rauche ich seit geraumer Zeit nicht mehr. Interessiere mich ausschließlich für Getränke.«

»Bedenken Sie«, beharrt der Unbekannte, »Tabakrauch berührt, trinken spült fort. Vor allem die Qual.«

Auch darauf geht er nicht ein. Fühlt sich aufgewühlt. Erhebt sich. Wendet sich zum Elternhaus. Dem dritten Stock des vorderen Gebäudeflügels. Bewegt sich darauf zu. Empfindet pro Fenster. Pro Zimmer geteilter Kindheit. Meist menschenleer. Erdrückend. Kalt. Tannenschatten. Spiegelparkett. Sprachlos, als sei Familie nur der Wunsch, nicht alleine zu sein. Also laufen, nicht stehen, laufen, keinesfalls ruhen, immer laufen, anlaufen, rutschen, springen, Türen öffnen, gleiten, springen, in Socken über die frisch gewachsten Dielen hinweg.

Am Ende stehen die Betten. Kinderbetten. Schwere Nacht. Der lange Blick zur Decke. Scheinwerferlicht, von Zeit zu Zeit, diagonal über den Stuck hinweg. Dahinter das Elternschlafzimmer. Ein leerer Raum mit Erker. Paletten mit Trockenobst. Kurzes Schauen und zurück, anlaufen, gleiten, springen, Wohnstube, Garderobe, Diele, voller Kinder von der Straße, die Schuhe im Treppenhaus verstreut.

Sie begleitete ihn die Stufen hinauf, seinerzeit, an einem frühen Winterabend, im Düsteren, ganz ohne Licht. Sie fühlten einander und hätten gespürt, wenn jemand sie störte. Ihre Berührung irritiere. Das Laue süßer Weile. – Ich begleite dich in deine Wohnung. Dorthin, wo du schläfst, erwachst, dich bekleidest. Wo deine Eltern leben, deine Geschwister und gekachelte Öfen wärmen. Essen, Trinken, Waschen, Warten, Lachen, Weinen und das Radio läuft. Hol uns etwas aus der Küche. Brot aus dem Kasten. Milch aus dem Krug. Salz, und Öl vom Kännchen.

Als ich mit dir die Treppe hochstieg, war mir, als besuchte ich deine Seele. Alles schien, wie eingebrannt. Nicht das Da und Dort der Wiesen. Das Laute der Badeanstalt. Das Geschwinde der Straße. Hier, bei dir, in deiner Wohnung, schwebt ein Geschmack von Kerzen. Von feierlich aufscheinendem Freudegelb. Als klänge deine Melodie. Deine Lieder. Hast du sie gesungen? Gesummt? Sanft durch die Staubsäulen der Morgenseele gehaucht?

Lege dein Ohr an meine Brust, ich will sie für dich lauschen. Am Kopfteil deiner Bettstatt horchen. Im Leinen. Im schwachen Licht, das durch den Vorhang streift. Der wohligen Wärme vom Kachelofen. Dem kühlen Zug des Fensterspalts. Dem grauen Schatten des Wäscheschranks. Als sei ihr Klang nach deinen Noten gestimmt. Nach deiner Idee gebogen. An deinem Sein entborgen: Bin ich denn ich, außer dir, wenn ich du bin? Wie wäre es für dich, nicht, ich meine, niemals alleine zu sein? Immer schon auch ich zu sein, die Räume mit mir zu teilen und allem darin, das nur du bist, und wenn du willst, auch ich? Möchtest du, möchtest du es gerne, in mir uns finden? Dass ich bleibe, die Nacht, im Fensterschein. Im matten Licht deines Wachsens. Hin, zu dir. Zu mir. In alle unsere Arme. Feinster Gobelin. Am Morgen brennt es der Sonnenstrahl. Velours, mit farbigen Spänen und gezupfter Wolle bestreut. In Auferstehungsfarben, von Leinölfirnis gehalten. Tapisserie, Schussfäden durch kleine Spulen mit freier Hand gezogen, mit Blattgold, Silber und Seide zur Vermählungsallegorie gewirkt.

Dann ein Dämmern. Staub durchflutete Bündel einfallenden Morgenlichts. Dein Antlitz, dein Lächeln. Ich bei dir. Denke nur, du Schöner. In den Zimmern deiner Liebe. Auferstandener. Hast

Ei, Kokon, Laich und den Kuchen der Mutter gebrochen. Hin zu mir, unserer beider Atem, Liebster, hier, bei dir, inmitten feuchter, von frühen Wiesen gepflückter Blumen.

Wenn wir hinabsteigen, jetzt, die Stufen deiner Tempel, waren wir für immer dort. In deinen Räumen, Gängen, Nischen und der matt getönten Dielentäfelung, die gleißend dir Schlachten spiegelt. –

»Wo bleiben Sie«, reißt sie ihn aus seinen Erinnerungen, »ich suche nach Ihnen. Der Turmwächter sagt, Sie seien noch nicht da gewesen, und der Herr auf der Bank, Sie gingen hier entlang. Er sei Ihnen übrigens bekannt, nicht unbekannt, wie Sie annähmen. Aber vielleicht nehmen Sie es gar nicht an. Ich wollte Ihnen nur mitteilen, dass das mit dem Vater meines Freundes im Gange ist. Er ist kaum jünger als Sie, vielleicht nicht einmal, gibt sich aber fokussiert. Das mit seinem Sohn wäre das eine, sagt er. Man wüsste ohnehin nicht, ob das noch mal würde. Den alten Mercedes kenne ich ja schon, er hätte noch zwei davon und ein Ferienhaus im Gebirge. Er möchte, dass ich es kennenlerne.

Die Jungs meinen, ich ticke nicht richtig, solle jedenfalls den Mund halten. Von meiner Seite forcierte ich auch nichts. Es war seine Frau, die sich gegen mich aussprach. Sie könne nicht umhin, mir den Zustand ihres Sohnes anzulasten. Der Vater widersprach nicht. Er hielt die Hand meines Freundes und unternahm Druckversuche, die ungezielte Schmerzabwehr und abnormale Beugungen hervorriefen. Ich sah zu Boden. Die Mutter schickte mich aus dem Krankenzimmer. Der Vater kam nach. Ich sagte ihm, dass es mir leid täte und fragte, was ich tun könne. So kamen wir überein.

Der Arzt gab an, eine endotracheale Intubation in Erwägung zu ziehen, zur Sicherung der Atemwege.«

Er fühlt sich von ihren Worten bedrängt. Wendet sich von seinem Elternhaus ab. Schlägt die Richtung zur Sitzbank ein. Passiert sie jedoch. Passiert auch den dort verweilenden Unbekannten und nimmt den Weg zum Turm.

Ihr zu antworten, fühlt er sich nicht verpflichtet. Auch nicht seines Interesses wegen. Dieses empfindet er als eigene Angelegenheit und achtet lediglich darauf, ob sie ihm folgt, beziehungsweise das Gespräch fortzuführen gedenkt. Ausreichend gemächlich geht er. Das erschwert ihr nichts. Eigenheiten müsse sie ihm zugestehen. Schon des Alters und der Einschränkungen halber. Auch bezüglich seiner Ansichten. Es ist nun einmal eine Gratwanderung, wie man sich äußert. Sich diesem oder jenem zuwendet. Hat man doch Berührungspunkte. Und zwar durchaus angemessene. Nicht zuletzt als Lebensretter. Auch wenn er dies im Nachhinein als überstürzt ansieht, auf eine Art unbedacht und mit Folgen, so sei das eine dennoch nicht wie das andere. Der Unterschied wird ihr nicht verborgen bleiben.

Jedenfalls wird er den Zeichen des Turmwächters entnehmen, ob sie ihm folgt oder nicht und darauf vertrauen, dass dieser Absicht von Zufall unterscheidet. Das gehört in dessen Ressort, denn am Turm traf man sich zu allen Zeiten. Offiziell und inoffiziell. Mal des Ausblicks, mal des Küssens wegen. Ungeachtet dessen, ob herausgekehrt, überspielt, gefeiert, kaschiert, freimütig gezeigt oder verborgen, der Wächter wusste unter allen Umständen Bescheid. Zudem kannte er den Werdegang. Wer zum Beispiel mit Verschiedenen kam, immer denselben, zeitweise häufig, dann weniger, später gar nicht und jetzt alleine.

Er wusste auch, dass es nicht immer beim Küssen blieb, wenn die Köpfe hinter den Deckelzinnen verschwanden und es in der Luft lag, auf eine Art für alle, ob man es hatte oder nicht, und wie, beziehungsweise es überhaupt wollte.

»Nicht dass Sie denken, ich wäre Ihnen gefolgt«, beschwichtigt sie ihn einholend, »ich habe ihm nur zu illustrieren versprochen, von wo aus man uns auflauerte, seinem Sohn und mir, an jenem Mittag im Freibad, bevor es gegen Abend geschah. Das ginge am besten vom Turm aus, schlug ich ihm vor, wegen der Sicht auf die Wiesensegmente und die Übergänge am Bach. Den Aufstieg vollziehe man sinnvollerweise getrennt, riet ich, angesichts der Leute, beziehungsweise seiner Frau, könnte ich doch jünger als seine Tochter sein, und der Ausblick vom Turm wäre eben nur das eine, weshalb Sie jetzt auch besser umkehren, wo er doch davon ausgeht, mit mir alleine zu sein.«

Das mit den Getränken, wich er ihr Folge leistend in vertrautere Gedanken aus. Das war eine gute Sache. Damit lag er richtig. Stand auf eigenen Füßen. War niemandem zur Rechenschaft verpflichtet. Zwar hatte er Konkurrenz, konnte sich aber halten. Schon aufgrund seines Gespürs, wann greift man zu, wann nicht. Da lassen einen die Großen gewähren. Als Nischenfüller, die ihnen die Fläche glätten. So zumindest in der Bahnhofshalle, in der sie ihm den Vortritt ließen. Das Kerngeschäft. Nun betreiben sie es selbst. Er hatte Schluss gemacht. Rechtzeitig. Aber mit den Getränken, da war man oben auf. Hatte Zugang. Gehörte in den Ablauf. Hielt mit in Gang. Wo etwas läuft, geht auch das Geschäft mit den Getränken. Das hatte er früh erkannt. Lager, Ware, Transport, Lieferung, das war seines. Da hatte er immer sein Ohr dran.

»Wundern Sie sich nicht, dass ich schon zurück bin«, wendet er sich an den auf der Bank verweilenden Unbekannten, »doch der Zugang zum Turm ist versperrt. Sozusagen in Beschlag genommen. Und zwar auf natürliche Weise. Es ist das Junge, falls es Sie interessiert. Wenn auch nicht um seinetwillen, so doch seinetwegen. Verstehen Sie mich richtig, sie ist ja kein Kind. Sie bestimmt vollkommen selbst über sich. Erwachsen, ja, und man muss staunen, aber vielen Dank, dass Sie zur Seite rücken, ich sitze gerne auf der Bank. Früher stand ich drüben an der Litfaßsäule, den Blick zum Schwimmbad, zum Elternhaus, zum Turm gerichtet. Das war gut so. Doch jetzt sitze ich.

Üblicherweise sind Sie es, der neben mir Platz nimmt. Mich auf die Werbung anspricht. Das Rauchen. Das Verbot. Ich spreche jedoch lieber über Getränke. Das wiederhole ich ausdrücklich. Auch wenn man munkelt, Sie würden mich längst kennen. In Verbindung zu mir stehen und ich darum wisse. Dazu sage ich aber nichts. Das fällt womöglich in nicht einsehbare Zeiten. Wirft unter Umständen Missverständnisse auf. Einen Graben gegebenenfalls, über den es zu springen gilt. Das würde meinem Alter nicht gerecht. Man kann nicht einfach in vor Frische strotzende Zeiten zurück. Mit Gedanken, Nerven und Gelenken im Optimistischen planschen. Dem ist man nicht mehr gewachsen. Höchstens in Träumen oder, wenn sie so wollen, im Liegen, in sozusagen verantwortungsfreien Zuständen, respektive von Handlung abgekoppelter Grübelei. Weit ab jedenfalls dem Altern, dem Morbiden, dem Brüchigen.

Inzwischen, das sehen Sie, ist die Lagerhalle Videothek, der Transporter Schrott, der Bahnhof rentabel. So ist es gekommen. Doch, wie viele Male bestieg ich den Turm mit ihr. Das bedenken Sie nicht. Das mit dem Schönen. Dem Schönen im Allgemeinen. Dem, was im Eigentlichen lockt. Meine Eltern, die Geschwister, die Schlachten, das war innen, sie jedoch außen, hören Sie, wahrhaftig außen. Jenseits des Kinderbetts, der Wohnstube, der Diele, den gekachelten Wänden, der Steppdecke über dem Elternbett, den Holzöfen, dem Rußherd, der Vorratskammer, dem Balustradenpferd, den täglichen Scharmützeln. Nehmen Sie das zur Kenntnis. Machen Sie sich ein Bild davon, von den unvertrauten Bögen, der anderen Temperatur, den fremden Düften und der Frische orangegelber Zweigachseln, die sich des Zaubers entborgener Freiheit rühmt.

Bewegte sie sich doch aufreizend. Duftete von über den Bäumen hinweg. Erkundete in ungewohntem Vorwitz, sodass der Turmwärter lauthals triumphierte: Hinauf, aufgebrochenes Wild, küssen, augenblicklich küssen, aufblicken, erheben, heraustreten, aus den Leibern heraus!

Dann trommelte er, glauben Sie mir, der Turmwächter trommelte, aus Leibeskräften, erst gleichmäßig, dann tosend, mit seinen gelblich blauen Aderfäusten auf das angerostete Eingangsgestänge des sich aufwärts windenden Wendelgeländers, bis oben die Spitze bebte und wir augenblicklich wussten um unser Recht unter den Deckelzinnen, den Röcken und dem Dröhnen der Stangen im Fleisch.«

Der alte Mercedes fährt vor. Kommt bei der Sitzbank zum stehen. Sie dreht das Fenster herab:

»Er hat mir das Auto überlassen. Sein Sohn bräuchte es ohnehin nicht. Doch entschuldigen Sie, ich störe vermutlich Ihre Unterhaltung. Wohl über alte Zeiten.

Dennoch würde ich mich gerne in Ihrer Nähe aufhalten. Das heißt vorübergehend nicht alleine sein, wo es doch neu war für mich, bei einem derartigen Altersunterschied, es aber irgendwie ging. Ich hoffe, das Autoradio belästigt Sie nicht. Mich lenkt es ab, obwohl das Thema politisch ist. Hören Sie selbst:

– Es kommt einer ernsthaften Rundfunkdiskussion, wie wir sie nunmehr die Gelegenheit haben zu führen, nur zugute, wenn auch weniger einschlägige Szenarien zur Sprache gebracht werden. In diesem Sinne möchte ich behaupten, die Offenburger Proklamation des Badischen Volkes von 1847 sei noch immer aktuell, da bis heute unerfüllt. Dieser Einwurf wird Ihnen anachronistisch erscheinen, doch sowohl die Einhaltung der Menschenrechte als solche wie auch die Pressefreiheit, die Lern- und Lehrfreiheit, die Versammlungsfreiheit sowie die Verkehrsfreiheit im Einzelnen richten sich ungeachtet allen gesellschaftlichen Fortschritt, ebenso wie die Bestimmungen zur Ressourcenverteilung, der Vergütung, der Gesundheitsvorsorge, der Besteuerung, der Bildung, der Rechtspflege und der Staatsverwaltung vorwiegend nach Interessenlage der Vermögenden. Und das entgegen jeglicher Vernunft. –

– Bleiben Sie zuversichtlich, verehrter Gesprächspartner, sobald ich mich im Zeichen des März erhebe und vor dem Stadthaus zu Konstanz, mit Säbel, Pistole, Flinte und Kalabreser ausgestattet, die Revolution ausrufe, von liberal, republikanisch und freisinnig eingestellten Bürgern unterstützt, werden sich Scharen von Bauern, Freischärlern und Bürgerwehren in Marsch setzen, sowohl den Feudal- als auch den Geldadel niederzuringen und damit Ihre Befürchtung widerlegen. –

– Ein würdiges Schlusswort. Die Sendezeit ist zu Ende. Ich danke für die offene Aussprache und Ihnen liebe Zuhörer für Ihr Interesse an unserer Talkrunde im Zeichen der diesjährigen Verleihung des Heckerhutes. –

»Es folgt Musik«, ruft sie den beiden auf der Bank zu, »eine Gelegenheit, die ich, wenn Sie es erlauben, nutzen möchte, von der Begegnung mit dem Vater meines Freundes zu berichten.«

Er lehnt sich ungelenk zurück. Hadert mit aufkommendem Interesse. Schweigt. Unterdessen erhebt sich der Unbekannte an seiner Seite, entfernt sich einige Schritte und kommt zwischen ihm und dem Fahrzeug zu stehen.

Blickt er nun auf sie, sieht er diesen, nicht sie, und denkt, das ist der Moment, an dem sich das Fremde dazwischenschiebt und sich ausbreitet wie unergründlicher Rauch, einem Unglück gleich, das eintritt, sich alles nimmt und auf das Unsinnige verweist, nachzufragen, ob es sich setze oder weiterziehe.

»Musik«, beruhigt der Unbekannte, »ich stehe immer bei Musik. Der größeren Auftrefffläche wegen. Ich fange, staue und verwandle sie. Das hält mich jung.«

Sie befürchtet, dem nun auch in ihr aufsteigenden Ungemach nicht Ausdruck verleihen zu können, versucht es dann aber doch:

»Sie stellen sich zwischen ihn und mich und rühren sich nicht von der Stelle. Obwohl es gefährlich ist und ich Sie darauf aufmerksam mache, wie auf einen Stängel, der keinen Bogen macht, zu niemandem, lediglich zum Nächsten zeigt, egal, wer er ist, und am Ende die Glut, als zögen sie daran, schwelgend, ohne ihn zu kürzen, den Werbestängel, die weiße, dünne Überlange.«

»Sie wirken aufgewühlt«, entgegnet der Unbekannte, »und sollten deshalb besser den Wagen verlassen, mich links liegen lassen und sich zu ihm auf die Bank setzen. Sie sehen, ich habe Platz gemacht. Wenn Sie nur das Radio angeschaltet ließen. Chansons, welch glücklicher Zufall. Vor allem *Annabelle*. Natürlich haben Sie einen anderen Geschmack, bei Ihrer Jugend, doch ich staue über sämtliche Musikkulturen hinweg. Verwandle sie alle. Chansons zum Beispiel, sie sprechen die Seele an. Insbesondere *Annabelle*. Eine musikalische Schleckerei. *Annabelle* ist Anklang, Ergänzung, Umschließung. Ton in seiner ganzen Vielfalt. Klanghaut, wenn Sie so wollen, derart lückenlos, dass man zu ersticken droht. *Annabelle* ist kein Name. *Annabelle* ist Schwingung. Musik des Mutterleibs. Geist und Seele umfassendes Fluid. Heimat der Gefühle, Stoff der Auren und das Entsenden von Luftküssen in alle Welt. Und wen immer sie erreichen, er fühlt sich vom Glück umarmt. *Annabelle*, das ist Seinsmusik, Seelenstrom, dessen Klangarme ins Innerste des Lächelns reichen, ins Weinen, ins Durchlässige der Sinne.«

»Es ist Ihr Überschwang, der es mir erleichtert, das Fahrzeug zu verlassen. Als hätte ich auf diese Weise Bestätigung erhalten, ich meine durch Sie, jetzt von der Seite, sozusagen zwischen Ihnen beiden hindurch, bevor ich mich zu ihm setze. Sie dürfen solange selbst einsteigen. Den Wagen nutzen. Es sich darin bequem machen. Das Fenster hochdrehen. Die Lautstärke des Radios anpassen.

Der Vater meines Freundes hat mir freie Hand gelassen, was das Auto betrifft. Hat lediglich die Einhaltung unserer Verabredungen eingefordert. Diese seien ihm unverzichtbar. Dienten ihm als Zwischenraum, Schnittpunkt seiner Erledigungen, durchaus gewichtiger, wie er betont, die das Erlangen von Vorteilen beträfen, erhöhten Gewinnmargen, und ich sei die Seide, das Schmeicheln zwischen den harten Bandagen, das Tröpfeln während des Ausgusses, das Anschmiegen, sozusagen, im Brockigen.

Es scheint, als gelänge mir dieser Ausgleich und ihm bekäme es gut, während der ihn belastenden Komaphase, aus der sein Sohn, wie er verheißt, kaum wäre er erwacht, seine Alpträume vertriebe, sich seiner selbst versicherte, seiner Mutter, der Visite und derjenigen, die seitlich seine Hand hielte, beziehungsweise desjenigen, der frontal zu ihm spräche.«

»Ja«, bestätigt ihr der Unbekannte, »will man sich treu bleiben, passt es nie ins Bild. Man ist gezwungen, es zu ersinnen. Das

Ereignis zu kreieren, beziehungsweise es sich aus Zugeflossenem zurechtzulegen, so, als sähe man die dort geschilderten Flussmänner aus dem Schwimmbecken steigen, aufgedunsen, mit langen Bärten, grünen Fischzähnen, Hängebäuchen, wie Wasserleichen, die einen mit Karpfenschwanz, die anderen mit Hundekopf und immer nassen Rockzipfeln, gefolgt von ausgehungerten Fohlen, Ponys, Lämmern, Pferden, Eseln und Kälbern, bepackt mit nackten Menschen ohne Kopf, die Karten spielen, sich in Blut suhlen, Mädchen ertränken, bis Wasserpferde sie zurücktreiben zu den unterirdischen Palästen von Poseidon, Neptun, Styx und Acharon, wo sie in Vollmondnächten auftauchen, über die Schwimmbadwiesen und Bachbrücken tanzen, mit Seejungfrauen, unermüdlich bis zum Hahnenschrei.«

Er versucht die Worte des Unbekannten an ihr vorbei zu lenken. Vorbei an der Sitzbank, hinüber zur Litfaßsäule, von dort die Feldherrenstraße entlang, unterhalb der Baumkronen hindurch, an der Videothek vorüber, zur Altstadt hin, zum Schwabentor, den letzten Barrikaden, dem aussichtslosen Gefecht der Republikaner, dem Siegeszug der Bundestruppen, dem nahenden Ende der Volkserhebung. Durendal liegt herrenlos. Das vom Vater gehobelte Schwert. Blut am Dielenboden. Das Balustradenpferd steht still. – Ich schmiege mich an deine Wunden. Wasche, trockne, und salbe sie. Hauche Seelenstaub darauf. Es wird wie aufgelegter Silberregen sein, wie Liebe zugedachter Zeit, unserer, denn meine Geschwister schlafen. –

»Ich möchte Ihren Gefühlen nicht zu nahe treten«, bricht sie in sein Erinnern ein, »doch wünschte ich, Sie würden mich darin nicht derart vereinnahmen. Auch wenn ich an Ihrer Seite sitze, mich Ihnen öffne, lassen Sie mir meinen Raum. Jeder braucht das. Sie für das Vergangene, ich für das Jetzt. Vermischen Sie das nicht. Wer weiß schon, wie lange sein Koma anhält. Ich muss die Zeit nutzen, es wagen, beziehungsweise mich erdreisten.

Besser also, Sie lauschen meinem Bericht, jetzt, wo der Unbekannte den Wagen verließ und seiner Wege geht. Ich erzähle von tatsächlichen Ereignissen. Vom Vater meines Freundes und dessen Handhabungen. Dem Greifen, Knöpfen, Gleiten, Beugen, Dringen, als bänden mich Scharniere, Karopapier zum Schiffchenfalten und ein fortgesetztes Labyrinth von Höhlen. Und alles auf dem Rücksitz. Das Ferienhaus im Gebirge steht noch an. Dafür, meint er, würde ich mich eignen.«

Er rückt zur Seite. Antwortet nicht. Beobachtet den Unbekannten die Straße hinuntergehen. Dem Trottoir folgen. Gemächlich. Unter den Bäumen. An der Videothek vorüber. Leuten begegnen. Grußlos. Zunehmend kleiner. Richtung Winzigkeit.

Man muss sich vertraut machen, sagt er sich in die Bank zurücklehnend, mit dem Restlichen, dem Unfertigen als Punkt. Dem letztendlichen Stand und dem, dass sie erfreut wirkt, fast ergeben und fort will, da er warte.

»Stören Sie sich nicht daran, dass ich sogleich aufbreche. Ich bin in Eile. Sie wissen schon, der Vater meines Freundes. Ich werde dennoch nach dem Kranken sehen. Mich vergewissern. Schon seines Zustandes, des Komas wegen. Jedes Zucken würde irritieren und Unschlüssigkeit in mir aufkommen lassen. Mein Lavieren infrage stellen. Doch schlagartig erwacht er nicht. Da gibt es Übergänge. Phasen der Linderung. Ich werde Ihnen berichten und von der Bande, die man nicht vernachlässigen darf.

Ist es eigentlich schlimm für Sie, sich nicht mehr jung und stark zu fühlen? Wo Sie es doch sicher waren und Ihre Kameraden es wussten, wie auch sie und ihre Geschwister. Aber mir ist das gleichgültig. Es geht um anderes. Wenn Sie wollen, können Sie versuchen, es zu erraten. Doch attestiere ich nicht, ob Sie richtig liegen. Dafür gibt es keine Bestätigung.

Nun muss ich los. Die Verabredung einhalten. Es tut gut, das Verbindliche. Dass das Unzuverlässige nicht angeht und man auf Unverständnis stieße, gäbe man ihm nach. Vielleicht steigt er zu mir in den Wagen oder ich zu ihm, aber irgendwie bin ich ungeduldig und, denken Sie, will ausgesprochen pünktlich sein.«

Sie setzt sich in den alten Mercedes, startet das Fahrzeug, entfernt sich die Feldherrenstraße hinauf, verschwindet unter den Baumkronen.

Sein ihr nachgehender Blick sinkt auf den Trottoirbelag. Auf die aufgebrochene Teerdecke. Das herausquellende Lockere. Er verteilt es mit der Sohle. Zermalmt es. Scharrt mit der Schuhspitze Hügel. Mit dem Käfer hat er nicht gerechnet. Braunklein. Respektiert ihn aber.

Als er aufschaut, fließt unpersönlicher Straßenverkehr. Autos, Fußgänger, Radfahrer. Er hätte gerne gewunken. Einem von hier, von früher, von der Kneipe, dem Bolzplatz, Kunden, Lagerhelfer, Lieferanten. Man war ja wer. Schon der Gegend wegen. Hatte zwangsläufig Kontakt, den Austausch gängiger Redensarten und jenes von Genugtuung beseelte Lächeln infolge einer sowohl zufälligen als auch alltäglichen Begegnung.

Verschwunden war er nicht, der alte Stolz auf das alles, auf diese Art von Wort für Wort Geborgenheit im Geläufigen, wäre nicht der Unbekannte erschienen, hätte sich neben ihn auf die Bank gesetzt, ihm Rat erteilt, Hinweise gegeben, Bizarres erzählt, Chansons, Rauchen, Wasserpferde.

Doch was weiß jener schon davon. Kindheit, Schlachten, Verdrängtes, das sind Jahrzehnte. Und es gab Gründe. Die konnte die Diele nicht ausräumen, da blieb etwas offen, so ganz auf sich gestellt, allein mit Schwert und Gürtelriemen.

Sie hingegen, wähnt er, ist anders. Durchaus eigenwillig, doch stets zugewandt. Teilt sich einem mit. Vermittelt, auch wenn sie vom Vater ihres Freundes berichtet, ihr Zuspruch gelte einem selbst.

Nicht, dass er solchen benötigte. Das hat er hinter sich, den Erfolg, die Wertschätzung. Vielmehr so, als stehe sie für eine Veränderung. Für ein allmählich sich verdichtendes Empfinden hinlänglicher Liebestauglichkeit nach lang anhaltender, Gefühlsparalyse heuchelnder Bewegungsstille. Und das, obwohl sie hingebungsvoll küsste.

Er erhebt sich. Bleibt vor der Bank stehen. Blickt zur Litfaßsäule. Dem Elternhaus. Wendet sich zum Freibad. Macht einen ersten, einen weiteren Schritt. Das sind Jahrzehnte, denkt er, stockt, verliert sich, will an der Kasse fragen, ob sie zugegen ist, zumindest ihre kleinen Geschwister und sie vielleicht nachkäme, besteigt jedoch den Turm, auch wenn es mühsam ist, das Steigen, die Gelenke, die Wiesen, die Schanzen, erkundigt sich beim Wächter, außerhalb der Zeit, aus anderer Höhe, ob dieser nochmals das Geländer rüttele, oben von den Deckelzinnen, dass es bebe, das Gestänge vibriere, oder ob die beiden schon zwischen den Büschen lägen, derweil er weint, seine Beine von der vierkant gehobelten Brückenbrüstung baumeln lässt und die Jungs teilnahmslos umherschauen, wie eigentlich immer, solange offen ist, auf wessen Seite sie sich schlagen. – Hier bin ich, bei dir, auf meiner Hälfte der Badedecke und spüre unsere Herzen, das Allerliebste, dich und mich. Lege dich zu mir, nahe, und deinen Arm unter meine Wange. Den anderen über den meinen. Spüre die Haut, die Knie und die Schenkel sich. Die Füße ab und an, und ständig mit den Zehen knipsen. Nimmst du den Duft wahr, so angenehm, fremd und vertraut wie anziehend mild? Du, mein Lieber. Hatte nie einen. Nie geküsst. Nur albern mit diesem und jenem. Ohne, ganz ohne. Nun aber möchte ich. Am Abend, wenn wir vom Turm zurückkehren, an der Haustüre, und du mich zum Abschied in deine Arme nimmst, sie sinken lässt, mich untergreifst, schweige ich. Kann jederzeit hinein, ins Haus hinein, wenn ich mich schäme oder es weh tut, doch versuche es, du musst es versuchen, ich bin ungeduldig, von Neugier erfüllt. Und du, bist du es auch? Kennst du es schon? Weißt du es schon? Manche wissen es, so jung, oder lernen es, du mit mir, ich mit dir, deine Augen sind so tief, so unergründlich tief und blau und meine braun, schau, braun und fest, du mein Lieber, für dich, ohne Geheimnis, ich habe keines. Meine kleinen Geschwister wissen alles. Und du, hast du eines? Ja, habe nur eines, teile es, behalte es, die Augen verraten es, verraten es nicht, machen es, wie sie wollen. Nein, nicht die Hand wegnehmen, noch nicht wegnehmen, warten, bis sich unsere Lippen verstehen, um ihre Konturen wissen, ihre wulstig, weiche Wölbung, ihr wechselndes Rot und die feinen, dunklen Furchen, auf die ich mich so freue, deine, meine, zart und nah und nicht. –

Von der Litfaßsäule lächelt das Konterfei des Unbekannten. Zigarette in der Hand. Hut in der Stirn. Der Körper leicht um die Achse gedreht. Im Hintergrund die *Seine*. Schlängelnd, zwischen Rive Gauche und Rive Droite. Abgeflachte Panoramaboote. Brückengirlanden. Palais de Chaillot. Skateboardakrobaten. Souveniertücher. Streifenwagen. Schwarzenjagd.

Darüber der Triumphbogen. Lichtburgkasten. Blitzlichtgewitter. Soldatenfeuer. Am Horizont La Défense, weißgrauer Beton, Glas, Metallstränge, diagonal in Winkeln versetzt.

Das Model lächelt. Den Oberkörper nach vorn gebeugt. Parallel dazu, der Oberarm. Der Unterarm zum Mund. Zwei Finger längs, schmal, abgewinkelt. Darin die Filterlose. Die übrigen in Richtung Handballen gekrümmt. Der Hals zur Seite. Sein Hut, ein Trilby, schief. Das Gesicht verdunkelt, als verstelle er die Sicht, empfehle zu rauchen, drehe am Autoradio, staue Töne, verjünge sie und entferne sich zum Punkt.

»Weshalb legen Sie nicht offen, dass Sie in der Werbebranche tätig sind? Machen sich als solchen bekannt? Man wüsste dann, woran man ist. Müsste nicht erst abwarten, bis es die Plakatierung ans Licht bringt. Wo es doch eigentlich in Ordnung ist, zu werben, beziehungsweise sich dafür zur Verfügung zu stellen. Dazu muss man nicht im Unbekannten verweilen. Es könnten auch Getränke sein, für die Sie Modell stehen, ganz unabhängig von meiner diesbezüglichen Zuständigkeit. Doch erwarten Sie nicht, dass ich mich unter diesen Umständen mit Ihnen darüber unterhalte. Von der Sitzbank über die Straße hinweg. Ohne jede mimische Beteiligung Ihrerseits. Ohne irgendwelche Gesten.

Dass ich nicht mehr rauche, wissen Sie bereits. Dennoch unterstelle ich Ihnen eine gewisse Absicht. Eine Art Unterschieben verdeckter Hinweise. Etwas, das nicht von der Hand zu weisen ist. Vielleicht Gift. Wahrscheinlich sogar Gift. Eines, das unberührt berührt. Wie Sie schon erwähnten, die Qual berührt. Aber ich sage Ihnen, was ich denke, wenn sie so dastehen und werben, als Abziehbild derer, die daran verdienen, an Gift, und man das recht findet. Ich sage Ihnen, dass man nur für Gutes, Gutes erhält. Für ein gutes Getränk, zum Beispiel, gutes Geld erhält. Für ein schlechtes, schlechtes. Reichtum für Schlechtes ist schlecht. Reichtum für Gutes ist gut. Ab einer bestimmten Menge jedoch ist auch dieser schlecht. Das ist die Regel. Teilen Sie das dem Management Ihres Tabakkonzerns mit und dessen Aktionären, dass es so einfach ist, oder, wenn Sie so wollen, gekrümmt.«

Der alte Mercedes fährt vor. Sie dreht die Scheibe herunter:

»Man könnte meinen, Sie unterhalten sich, befinden sich aber nicht in Begleitung. Teilen die Bank mit niemandem. Das gibt mir die Gelegenheit, mich an Sie zu wenden. Mich, sobald ich den Wagen abgestellt habe, zu Ihnen zu setzen. Nicht, dass ich unter allen Umständen von mir und seinem Vater berichten müsste, gehe aber von Ihrem Interesse aus, wo Sie doch in seinem Alter sind.«

Sie parkt gegenüber. Schaltet den Motor aus. Dreht das Autofenster hoch. Steigt aus dem Fahrzeug. Verschließt es. Überquert die Straße. Geht auf ihn zu. Bleibt kurz vor ihm stehen. Zögert einen Augenblick. Macht einen Schritt zur Seite, wendet sich um und setzt sich neben ihn:

»Nachdem sein Vater zu mir ins Fahrzeug stieg, blieben uns zwanzig Minuten. Ich vergaß das Autoradio abzustellen. Man sendete einen Bericht über die Occupy-Bewegung. Auf die Passage des Human Microphone, die sämtliche Aussagen des Protestredners rhythmisch durch einen Sprechchor wiederholt, reagierte er unerwartet heftig. Nicht, dass er von seinen Gewohnheiten abließ, brachte jedoch während seiner Stöße derart eindringlich Gegenargumente hervor, dass ich mich einer Hirnwäsche ausgesetzt sah.

Ohne ausreichenden Hintergrund ging mir zwar der Zusammenhang verloren, doch nannte er sich mehrfach einen Marktfundamentalisten. Dabei schien er mir sehr entschieden. Fast kraftstrotzend. Im Radio fiel parallel der Name Robin Hood. Das klang ebenfalls enorm. Zeitgleich der sich anbahnende Orgasmus. Wir kommen immer zusammen. Er schrie, Neoliberalismus. Der Rundfunk, Transaktionssteuer. Er, Finanzkraft den Starken. Das Radio, gerechtere Verteilung.

Es komme nichts dabei heraus, sagte er beim Ankleiden, wenn alle mehr haben und nicht die Starken das Meiste. Die Schwachen könnten niemals die Starken tragen. Nur umgekehrt. Das sei zwar banal, erschließe sich eigentlich jedem, doch müsse er nun gehen und würde mir später alles erklären. Auf das Radio könne ich mich jedenfalls nicht verlassen.

Wissen Sie, er hat ein verstelltes Gesicht. Von einem frühen Unfall vielleicht. Wenn er dann erregt ist, von mir und den ihn begleitenden Gedanken, wirkt er fast unheimlich. Als geschähe es aus Härte. Ein wenig wie aus Starrheit, Steife oder Tod. Ausgenommen die Augen. Sie blicken lebendig, tief aus dem Inneren, in das ich gerne hineinsehe, darin auch seinen Sohn erkenne, meinen Freund, aber an der Oberfläche, wo sie zur Maske übergehen, wirken sie leblos wie Koma.«

Er versucht, sich von ihren Worten nicht berühren zu lassen. Rückt zur Seite. Zum äußersten Ende der Bank. Empfindet dennoch Mangel. Eine Art Unfähigkeit, sich auszuweisen. Sich ihr ausreichend bekannt zu machen. Visualisiert eine Visitenkarte. Nicht, dass er eine besäße, nur den Gedanken daran. Überlässt sich dem Verlangen, nach dieser zu greifen. Sie ihr zu überreichen. *Getränkehandel*, das würde sie zur Kenntnis nehmen.

»Worum handelt es sich bei seiner Tätigkeit?« fragt er unvermittelt.

»Bauwesen«, antwortet sie, »öffentliche Gebäude, Neubauten, Abrisse, Restaurierungen.«

Er intensiviert seine Selbstbetrachtung. Lenkt sie über das Geläufige hinaus. Über die Daten der Visitenkarte, den Getränkehandel hinaus. Empfindet Sturm. Manneswut. Waffenschwüre. Wehende Banner. Eine Fahne, wird ihm plötzlich klar, eine Fahne muss es sein. Mit Emblem. Balustrade, Schwert und Gürtelriemen. Geschwenkt, von Hof zu Hof. Erhebt euch. Schließt euch an. Wir erobern die Stadt. Vertreiben die Herren. Die Schergen. Die Pfaffen. Dienen nur Kaiser und Papst. Den einzig Gottgewollten. Fordern ein eigenes Gericht, Tilgung von Zinswucher, Erlass der Schulden, Verringerung der Pfründe, Abbau der Zölle, Freigabe von Vogel, Fisch, Wald und Holz. Frieden euch und demjenigen, der zufällt. Schutz für Leib und Gut, doch Strafe denen, die sich widersetzen, nämlich durch Erschlagen.

»Wo ist sie?«

Er sieht sich verschwommen von der Mittelwiese zum Kiosk zurückkehren, Brause trinken, unruhig umherschauen, die Freunde fragend anblicken. Doch diese sehen zur Seite, zur Brücke hinüber, über die Wiesen hinweg, den Hang, den Zaun, zum Badegelände hinaus.

»Man sagte mir, sie sei hier.«

Sie verweisen ihn auf den Spielplatz, auf die kleinen Geschwister auf der anderen Seite der Brücke. Dass diese bestimmt vorauseilen würden und ihm den Weg zeigen zu den Büschen, auch wenn dort niemals jemand alleine liege.

Das weiß er natürlich selbst. Jetzt deuten sogar die Kinder darauf. Doch sie rührt sich nicht. Löst sich nicht aus der Umarmung.

Er geht an den Kindern vorbei auf die Umschlungenen zu und schreit: Ich war im Krieg. Ihr Begleiter entgegnet, es wäre kein Krieg. Er schreit, man wäre ganz, würde man nicht ständig geteilt, und die Teile verteilt, nach Formeln, österreichisch, französisch, gezehntelt, seit Jahrtausenden gezehntelt, von denen, die sich alles nehmen, aber immer nur fast, damit noch etwas bleibt. Etwas zu teilen bleibt. Masse für die Formel bleibt. Ja, mein

Lieber, wenn du sie nun hast, in deinen Armen hast, und nicht mehr ich, ohne irgendeine Begründung, wie kommt so etwas? Wie erklärt sich das? Vielleicht, weil ich kämpfe, Widerstand leiste, kann man mir sie nehmen, währenddessen und auf Dauer. Wobei sie nicht einmal aufschreckt, nichts davon bestreitet, auf gar keinen Fall bittet, ich solle verstehen, nicht der Einzige zu sein, bei noch Milderen, Schöneren, Klügeren, Stärkeren. Und wenn ich schon glaubte, Krieg geführt zu haben, dann wisse ich doch, dass dieser alles verändere, dass es danach nie gleich sei und ich damit richtig liege zu vermuten, ihre Lippen seien vom Küssen geschwollen.

Die Jungs sitzen auf dem Brückengeländer. Die Beine unter die Querstrebe gehakt. Den Blick auf die Bodendielen gerichtet. Auf das in Ritzen eingepferchte Bachwasser. Als sie aufschauen, weint er. – Du bist es, den ich liebe. Dich will ich, keinen anderen. Wie kommt es, dass er mich küsst? Ich in seinen Armen liege? Vor deinen Augen. Vor deinem Entsetzen. Wie ist das möglich? Wie willst du das je vergessen? –

»Sie sollten Ihre Erinnerungen von Überschneidungen freihalten. Wenn ich von seinem Vater berichte, so betrifft Sie das nur am Rande. Davon, dass Sie seinem Sohn möglicherweise das Leben gerettet haben, habe ich ihn in Kenntnis gesetzt. Darauf hat er nicht reagiert. Als täte es nichts zur Sache. Insofern sind Ihre Bezüge zu ihm vage. Eigentlich nicht vorhanden. Und was mich betrifft, bin ich eigenständig. Insbesondere bezüglich Ihres Erinnerns. Hierin komme ich Ihnen in keiner Weise entgegen und berichte nur das, woran mir liegt. Nichts darüber hinaus.

Sofern Sie also politisch oder geschichtlich agieren, ist das Ihre Angelegenheit. Vermischungen sind für mich tabu. Schließen Sie vor allem nicht von seinem Vater auf sich. Er ist erfolgreich. Das macht ihn unabhängig. Befreit ihn gewissermaßen vom Altern. Sie hingegen wirken betagt. Entsprechend sollten Sie sich geben. Insbesondere mir gegenüber, wenn nicht gar unter allen Umständen.

Gedanken darüber hinaus sollten Sie tunlichst fallen lassen. Man bemerkt sie, auch bei anderslautender Beteuerung. Gelänge Ihnen dies nicht, müsste ich mein Bekunden Ihnen gegenüber einstellen und ihn darauf aufmerksam machen, dass Sie mich bedrängen. Dem wüsste er zweifellos ein Ende zu setzen. Es sei, behauptet er, seine Stärke, Widersacher auszuschalten. Er wäre diesbezüglich unnachgiebig und meint damit, es würde kein Gras mehr wachsen, wo er solchermaßen vorgehe. Vor allem, wenn es seinen Sohnes beträfe, müsse er dies tun. Das sei er ihm schuldig, als Vater, sofern ihm Unrecht drohe, beziehungsweise ein Verlust.

Könne er im Geschäftlichen noch Nachsicht walten lassen, sei das familiär nicht denkbar. Das wäre nun einmal so, flüsterte er mir ins Ohr, wenn einem etwas heilig sei. Ein Merkmal übrigens, fügte er an, das speziell für das Familiäre stehe. Nur dort erhalte es seine originäre Bedeutung. Jede weitere sei nur abgeleitet.

Tatsächlich kann ich bestätigen, dass er mit zunehmender Erregung stets auf die Familie umschwenkt, Ich durch Wir ersetzt, sich, Frau und Sohn damit meint und im Gefühl tiefer Verbundenheit kommt. Sie können sich vorstellen, wie sehr das meine Sehnsucht trifft.«

Er lehnt sich in die Bank zurück. Übergeht das Gesagte willentlich. Erkundigt sich nach dem Zustand ihres Freundes. Inwiefern sich Veränderungen ergeben, beziehungsweise Fort- oder Rückschritte eingestellt hätten und dies gegebenenfalls Einfluss auf ihr Verhalten gegenüber den Schlägern nähme. Weniger im Sinne von deren Preisgabe als dahingehend, sich entschiedener zu verwahren. Sich unverträglicher zu zeigen, oder, bei aller Solidarität, ihnen mit zunehmendem Vorbehalt zu begegnen, wo sie als Betroffene doch vermutlich ohnehin da und dort verbunden sei, mehrgleisig denke bezüglich deren Handeln oder sich gar auf eine Seite schlage und die andere ignoriere. Man wisse ja um das Kalkül des scheinbar Ausgewogenen. Das Schicksal zwischen Recht und Beuge, welches das Dasein der Schwächeren bestimmt. Das sei doch allgemein bekannt. Nur wer es aufrichte, widersetze sich wirklich, es in den Weg stelle, nicht abflache, wenn stillschweigend darüber hinweggegangen werden soll.

»Sie wähnen sich im Austausch mit mir«, unterbricht sie ihn, »bedenken aber den Unbekannten nicht. Er befindet sich in unmittelbarer Nähe und übernimmt mehr und mehr das Wort. Dabei übergeht er mich. Tut, als gäbe es mich nicht. Minimiert meinen Einfluss. Wird philosophisch, politisch, revolutionär, manchmal auch musikalisch. *Annabelle*, Sie erinnern sich, die sogenannte Seinsmusik.

Überhaupt muss man annehmen, Sie haben sich ihm angenähert. Differieren in Ihrer Meinung seltener und tendieren zum gemeinsamen Nenner, dem Punkt oder, wie Sie es nennen, dem letztlich verbleibenden Stand. Schade für Sie oder auch gut. Voraussehen kann man das nicht. Man muss es auf sich zukommen lassen.

Was hingegen Ihr eben geäußertes Interesse an dem Gesundheitszustand meines Freundes betrifft, möchte ich meinen, er befinde sich auf Reisen. Wenn ich mit ihm spreche, fühle ich mich inmitten eines Telefonats über Kontinente hinweg. Man hört, was er sagt, doch ist er definitiv weit entfernt. Will man sich ihm nähern, ist man gut beraten, zunächst zu lächeln, dann sich vorzustellen, seine Hand zu halten, leicht den Mund zu öffnen, die Bereitschaft für ein Ja hineinzulegen, sich behutsam vorzubeugen, woraufhin er leise zu erzählen beginnt, zunächst stockend, bald flüssiger, von einer Wiese, einer eben fernen Wiese, in einem Land, das er bereiste, über lange, beschwerliche Wege, Fahrten, Flüge, Durchquerungen und Überschreitungen, deren Blüten mit den Schmetterlingen, die sie besuchen, verschmelzen, untereinander die Farben austauschen und dabei ein buntes Licht erzeugen, das wir dunkel wahrnehmen, es aber das paradiesische ist.«

Ein Mercedes fährt vor. Neuestes Modell. Dunkelblau. Metallic lackiert. Die Scheiben getönt. Durch das einen Spalt geöffnete Fenster ist eine Stimme zu vernehmen. Im Hintergrund das Autoradio, Wagner, Rheingold:

»Sehen Sie mir mein Vorhaben nach, Ihnen Ihre Gesprächspartnerin zu entreißen. Es hat damit sein Bewenden. Geht es doch um einen Ihnen unzugänglichen Anspruch meinerseits.

Was den Wagen anbelangt, handelt es sich um die neue E-Klassen-Limousine Mercedes CLS. Die gepfeilt abfallende Motorhaube sorgt für eine geschärfte Formgebung. Zudem wird das zu einteiligen Scheinwerfern verschmolzene Vieraugengesicht durch ein expressives Frontstoßfänger-Wing-Design sportlich dezent auf die Fahrbahn gebracht. So etwas zieht unwillkürlich Blicke auf sich. Überzeugt den Interessenten.

Vielleicht wundern Sie sich, doch erwähne ich dergleichen Äußerlichkeiten nicht ohne Grund: Man muss sich des Außergewöhnlichen würdig erweisen, will man es sich zugänglich machen, beziehungsweise es besitzen.«

Sie erhebt sich von der Bank. Strebt auf die Limousine zu. Zögert etwas. Geht weiter. Erreicht das Fahrzeug. Öffnet die Türe. Steigt ein, den Blick starr nach vorn gerichtet.

Der Wagen startet. Biegt nach links ab. Passiert das Elternhaus. Verschwindet aus seinem Blickfeld.

Die Stimme des Fahrers, denkt er, wäre sie mir bekannt, es würde nichts daran ändern, ohne Einfluss zu sein. So verhielt es sich zumeist, resümiert er, beim Aufeinandertreffen mit dem Weiblichen und greift in seine Hosentasche. Registriert die Absicht zu rauchen. Obwohl es Jahre sind, seit er es ließ. Wendet sich zur Litfaßsäule. Betrachtet das Konterfei des Unbekannten. Empfindet Erleichterung an dessen Körperhaltung, dem unverkennbaren Knick, dem Angleichen des Oberarms, der Gegenstellung des Unterarms, der typischen Fingerkrümmung und dem Emporstreben der weißen Überlangen in gedachter Verlängerung zum Mund.

»Entschuldigen Sie, dass ich Sie behellige. Da mir Ihre Unterhaltung unterbrochen scheint und das Werbeplakat getrost sich selbst überlassen werden kann, erlaube ich mir, Sie meinerseits um Aufmerksamkeit zu bitten. Hier, meine Erkennungsmarke, Kriminalpolizei, ich ermittle in einer unter anderem Sie betreffenden Strafsache. Man riet mir, es bei der Sitzbank zu versuchen, wo Sie am ehesten anzutreffen seien.

Zwar bin ich über Ihre schon gemachte Aussage bezüglich des Vorfalls in Kenntnis gesetzt, muss jedoch meine Zweifel anmelden. Leider darf ich mich nicht setzen. Die Ruhepause täte mir zweifellos gut, doch gilt es der besagten Ungereimtheit wegen, jeden Verdacht von Befangenheit zu vermeiden.

Seltsam eigentlich, diese zeitlich begrenzten Gebote. In wenigen Wochen trete ich ebenfalls in den Pensionsstand. Dann werde ich mich unbekümmert zu Ihnen setzen und redlich über all die Alltagsdinge sprechen. Sie wissen schon, die Gewalt. Doch bis dahin gilt die Verhältnismäßigkeit, ich meine, die Abhängigkeit von den Verhältnissen, sofern es sich je nach dem verhält. Ob einer wegen einer Zertrümmerung im Koma liegt oder sich kein Spenderorgan leisten kann, da sind einem die Hände gebunden, beziehungsweise, man ist gezwungen zu unterscheiden. Das sichert nicht nur die Pension, sondern auch das Ungestörte des Berufslebens. Insofern sind meine Zweifel an Ihrer Aussage zeitlich limitiert. Nach der Pensionierung stehe ich der Sache natürlich gänzlich anders gegenüber.

Handelt es sich im Übrigen bei der Litfaßsäule dort drüben um die nämliche? Den Tatort sozusagen? Der dort plakatierte Herr soll entgegen allen Beteuerungen zum Zeitpunkt des Überfalls zugegen gewesen sein. Das tut natürlich etwas zur Sache. Das dürfen Sie einem Ermittlungsbeamten glauben. Überhaupt unterschätzt man für gewöhnlich den Einfluss des Rauchens auf Gewalt. Tatsächlich ist er immens. Zigarettenrauch aktiviert Aggressionszentren, genauer gesagt, verleitet durchaus zweckmäßige Abwehrkräfte zu unbegründeten Einsätzen. So, als sei ein Schädlingsansturm zu parieren, wäre ein anderer nur eigener Meinung. Das geschieht meist unter Einsatz von Worten, seltenst brachialer Gewalt. Sie wissen um die verrauchten Diskursnächte, die meist ein Handanlegen ausschließen, doch den größeren Schaden anrichten. Argumentiert doch pure Verletzung.

Fühlen Sie sich von mir nicht überfahren. Ich bekunde lediglich meine Haltung. Sie müssen sie keinesfalls teilen, doch rate ich Ihnen, achtsam zu bleiben. Man hört, Sie befänden sich des Öfteren in Begleitung dieses Rauchers. Wo sie sich doch schon unabhängig wähnten. Zudem diese junge Frau. Diesbezüglich ist Ihnen natürlich nichts vorzuwerfen, doch vermute ich Sie in äußerster Gefahr.

Wie Sie bemerken, blickt unsereins über den Tellerrand hinaus. Zwar benötigen wir Anhaltspunkte, weshalb es auch gut ist, dass die Schlägerei stattfand, allein, unsere Ermittlung zielt nicht auf diese ab. Solcher Art Vorfälle klären sich in der Regel von selbst. Man muss nur zuwarten.

Unsere Recherchen richten sich vielmehr auf das Persönliche. Insbesondere dessen Anfälligkeit. Das Brüchige sozusagen.

Glauben Sie mir, das Lösen von Fällen erzeugt nicht den Bruchteil der beruflichen Befriedigung, die der gezielten Erschütterung von Personen entspringt, beziehungsweise der Mitwirkung bei deren Zusammenbruch.

Da man die heftigsten Beben mittels anhaltender Verzögerung erreicht, das heißt durch das allmähliche Erlangen des Siedepunktes, schonen wir bewusst lange, warnen, beruhigen oder lassen, wenn Sie so wollen, ausgiebig zappeln.

Leider eignen sich nur wenige Individuen für diesen Prozess. Es muss sich schon um eine Art Hänsel handeln, dessen Finger tatsächlich schwillt. Die Mehrheit der infrage Kommenden verhält sich zu unkompliziert. In ihnen entsteht keinerlei Spannung, das heißt lediglich eine solche, die allabendlich von TV-Formaten aufgebraucht wird, sofern sie nicht bereits der morgendlichen Zeitungslektüre zum Opfer fiel.

Gesetzt den Fall, Sie würden diese Einschätzung gleichfalls meiner privaten Abneigung zuschreiben, sollten Sie wissen, dass die in unserem Sinne interessanten Persönlichkeiten tatsächlich jeglicher medialen Aufarbeitung widerstehen und ihre Konflikte so lange speichern, bis sich die Spannung mit der Durchschlagskraft wahrhaft historischer Erhebungen und Widerstände verbindet und somit der geballten Kraft des Humanitären überhaupt.

Als äußeres, für jeden erkennbares Zeichen verfallen diese Individuen jedenfalls keiner sogenannten Illustriertenliebe, sondern harren der wahren Geschlechterverschmelzung durch die Verpuffung sämtlicher natürlicher Abstoßungsmechanismen hindurch, bis die Alchimie wahrer Partnerschaft gelingt.«

Die Worte des Polizisten drohen ihn zu erdrücken. Er windet sich. Springt von der Bank auf. Macht einen Schritt nach vorn. Vollkommen mechanisch. Aus keinerlei Entscheidung heraus. Bar jeder bewussten Beteiligung. Ausschließlich im Affekt. Stellt sich vor den erstaunt innehaltenden Beamten. Sieht ihn an. Von oben. Wankt. Rätselt: Ist er kleiner? Wer ist kleiner? Mal er, mal ich, von unten herauf, von oben, in seinem Innersten, Ureigensten, verdeckt Gehaltenen, kennt er ihn überhaupt, den Widerstand, als Beamter, das Aufbegehren, den Kampf um die Gerechtigkeit?

»Falls Fragen aufkommen«, bekräftigt der Polizist, »wir als Behörde wissen Bescheid. Fakten, Meinungen, Mitteilungen, wir spüren sie allesamt auf. Stellen Gefühle bloß, dringen ins Unbewusste, legen Speicher an. Abläufe und Festlegungen sind ausschließlich in unserer Hand.

Diese Eingriffe sind für niemanden geheim. Man weiß darum. Doch keiner stört sich daran. Man ignoriert sie, als drohe keine Gefahr. Als schränkten sie nicht ein. Kämen kaum zum Tragen, es sei denn in Ausnahmefällen, genauer gesagt, außergewöhnlichen Begebenheiten, die vom Unterfangen getragen seien, das Normale zu unterlaufen oder sich gegen den Strom zu stellen.

Gleichwohl ich davon ausgehe, dass Sie sich Derartiges nicht zu Schulde kommen ließen, und, wie ich annehme, auch zukünftig nicht im Schilde führen, sind Sie in mein Visier geraten. Ich muss mich Ihrer annehmen.«

Man darf dem Polizisten nicht einfach antworten, denkt er. Höchstens den Vorfall betreffend. Muss zwischen ihm als Beamten und dem Menschen unterscheiden. Dem Apparat und dem Individuum. Dem System und der Person. Der eine weiß Bescheid, der andere ist in Kontakt. Kontrolle versus Vertrauen. Da kann man nicht einfach pöbeln. Konfrontation suchen. Sich auf anderer Schuld berufen. Da verrennt man sich. Gerät ins Eigene. In die persönliche Blaupause allgemeinen Affronts. Da ist fein säuberlich zu trennen.

Natürlich hat man geschlagen, weil man geschlagen wurde und rennt dagegen an, immerfort, von Tür zu Tür. Jawohl, würde der Turmwächter sagen, küssen, all das Erhaltene und Vorenthaltene, restlos alles küssen, bis einem der Mund quillt, entspräche Küssen doch Endlospapier, generationenübergreifendem Endlospapier, beidseitig mit ja und nein bedruckt.

»Entschuldigen Sie«, unterbricht er sich selbst, »ich habe mich in Gedanken verloren. In für mich durchaus unübliche. Falls Sie also eine amtliche Frage an mich richteten, bitte ich darum, sie zu wiederholen. Ich wäre jetzt auch besser darauf eingestellt. Würde Sie nicht weiterhin mit Unwesentlichem belästigen, was Ihnen bei der Ausführung Ihrer polizeilichen Pflicht sicher auch gelegen käme. Es waren, wie gesagt, fünf. Das junge Paar fuhr mit dem Mercedes vor. Bat um Feuer. Die Türen wurden aufgerissen. Der junge Mann aus dem Wagen gezerrt. Geschlagen. Getreten, sozusagen ohne Unterlass. Ich wurde, als ich hinzutrat, ebenfalls in Mitleidenschaft gezogen. Sie dagegen ließ man in Ruhe. Zu recht. Alles andere wäre menschlich falsch gewesen. Sie ist ja kein Kind. Bedarf keiner Strafe, keiner Bezichtigung oder Vorhaltung, beziehungsweise des Verbots, sich einzulassen, sondern vielmehr, wenn Sie mich richtig verstehen, der Nachsicht, bei solch einem Schmerz, denken Sie, ein Anderer, zwischen denselben Büschen, und sie, dieselben Augen, dieselbe Haut, derselbe Mund.« – Glaubst du wirklich, ich könnte es tun. Nur weil du meinst, es fände vor deinen Augen statt. Weißt du nicht, dass es nicht sein kann. Niemals sein kann. Auch, wenn du es vor dir siehst. Mich mit ihm siehst. In seinen Armen. Du weinst. Weshalb weinst du? Du mein Lieber. Was glaubst du, was ist und nicht sein kann? –

»Entscheidend ist der Zeitpunkt«, entgegnet ihm der Beamte, »das Wann, weniger die Anzahl der Schläger. Sobald Sie das richtig einordnen, kommen wir der Sache näher.«

»Sie beabsichtigen, mich irrezuführen«, begehrt er auf, »verfolgen ihr polizeiliches Interesse. Ungeachtet der Wahrheit. Sonst würden Sie mich nach den Namen der Schläger fragen. Wer sie seien und wo sie aufzufinden wären. Dass ich nicht antworte, enthebt Sie nicht der Frage. Erlaubt es Ihnen nicht, sich ausschließlich an mich zu halten. Sich lediglich nach meiner Person zu erkundigen. So werden Sie auf Widerstand stoßen. Auf Blockaden meinerseits. Gefährden Sie doch das Autonome. Das Unantastbare. Und diesbezüglich bin ich Ihnen zu nichts verpflichtet. Bin vollständig unabhängig und kann mich der Wahl meines Vertrauens überlassen. Ganz nach eigenem Ermessen. Unabhängig davon, was Sie von mir wissen, beziehungsweise, wie weit Sie in Ihren Nachforschungen über mich vorgedrungen sind. Solange mein Votum nicht auf Sie fällt, sind sie außen vor. Informationen ersetzen keinen Kontakt. Erst müssen Sie sich die Hände schmutzig machen, wie zum Beispiel mich kränken, bedrohen, verunglimpfen, verfolgen oder wenigstens ängstigen.

Natürlich gälte auch erfreuen. Mit Freisprechung erfreuen. Aber das kommt für Sie nicht infrage. Das kommt für Sie nie infrage. Zumindest nicht in meinem Fall. Da ist Ihre Geduld unendlich. Irgendwann, denken Sie, wird er sie verraten. Wird er Schleim keuchend Buchstabe für Buchstabe herauswürgen, als seien die Namen der Schläger der eigene.«

»Man käme der Sache wirklich näher«, lenkt der Beamte ein, »räumten Sie das eben Gesagte tatsächlich ein. Würden es mit Gewissheit füllen und entbehrten der auf mich abzielenden Unterstellungen, respektive, brächten sich selbst mehr ins Spiel. Gerne würde ich Sie mit der Aussicht auf Verjährung locken, doch das steht mir nicht zu. Ich vermag lediglich mit Verständnis zu dienen, was wiederum Ihre Scham weckt. Das macht die Sache kompliziert.

Nicht, dass Sie nun glauben, ich neige zur Rücksicht. Ich äußere mich nur. Erkläre mich. Zeige Möglichkeiten auf. Wäre Ihr Eingeständnis beeinflusst, bliebe es ohne Wert. Offenlegen können Sie sich nur selbst. Natürlich sind es nicht die Schläger. Natürlich nicht das Damals. Sehen Sie sich an. Glauben Sie nicht, jemanden zu decken. Räumen Sie auf mit dem Irrtum von den anderen. Zwischen Ihnen und der Wahrheit steht kein Beamter, sondern eine Art Gewissen oder, wenn Sie so wollen, eine ausgedachte, junge Frau, die Ihnen Ihre Lügen spiegelt.«

Der alte Mercedes fährt vor. Sie öffnet das Fenster.

»Es steht Ihnen nicht gut an, an die Litfaßsäule zu urinieren. Doch vielleicht haben Sie einen Grund. Ich sah soeben ein Polizeifahrzeug wegfahren. Hat man Sie belästigt oder gar belangt? Das kann einen kurzfristig aus der Bahn werfen. Warten Sie, ich parke den Wagen und kümmere mich um Sie. Nehmen Sie solange meine Zigarette. Rauchen Sie sie zu Ende. So, wie Sie sich gerade gebärden, würde es passen. Öffentlich urinieren ist nur im Verein mit exzessivem Rauchen vertretbar. Farblich sozusagen abgestimmt, Gelbfärbung an den Füßen, an den Fingern und im Bart.

Der Vater meines Freundes, mit dem ich mich aus Gründen der Anonymität meist an entsprechenden Orten treffe, behauptet, würde man einen von diesen Menschen aufschlitzen, würde das Gelbe, je tiefer desto intensiver, sich als Pulver offenbaren, das stinkt, da es sich um getrockneten Urin handle. Das läge daran, dass sie nicht mit Trinken nachkämen, bei einem derartigen Tabakmissbrauch.«

Er greift nach ihrer Zigarette. Zieht daran. Das Gefühl stellt sich sofort ein. Rechnete er einen Moment noch mit einem Sturzbach oder schweren, schwarzen Wolkenbergen, eventuell dem Griff nach seinem Herzen, den Kammern, Gefäßen, Synapsen, empfindet er nun doch die allzu vertraute Anstrengung, zu sein.

Die ihm stets unerklärliche Mühe, sein Leben festzuhalten, damit es nicht rutsche, abgleite, abgehe, durch den Höhlenschlund, die Sperrgitter, den Bannwald, als Blutschwall in das in der elterlichen Wohnung zwanzig Meter rechts von hier im dritten Stock während seiner frühen Embryophase von seiner Mutter in entsprechender Absicht benutzte Klosett.

Damals empfand er Triumph, das eine, beziehungsweise erste Mal, so ihm die Höhle als vorausgesetzt und nicht schon errungen galt. Blieb er doch standhaft. Hatte ein fernes, geschunden sich anfühlendes Bewusstsein seiner frühesten Existenz darauf beharrt, dass das Seelennest zu orten sei, die Anflugrampe der Engelsboten im irdischen Gebälk und sich nicht gänzlich im Willenlosen der Universen verliere.

Inmitten dieser ihn unwillkürlich überkommenden Mutmaßungen spürt er die Schläger in seinem Rücken. Ebenso sieht er die junge Frau die Straße in Richtung Sitzbank überqueren, auf welcher der Unbekannte bereits Platz genommen hat.

»Was wollte der Bulle?«

Klar, denkt er, dass sich die Bande sofort ein Bild machen möchte. Ihn ungeniert von hinten anruft. Nicht einmal abwartet, bis er sich zu ihnen umwendet, geschweige denn Notiz von ihr nimmt, noch von dem, der sich auf der Bank niederließ. Demjenigen nämlich, auf den er nun vorrangig bauen muss, da dieser, anders wie er, die Schläger vor Augen und nicht im Rücken hat. Ihnen somit anzusehen vermag, was sie im Schilde führen, beziehungsweise anzurichten gewillt sind, sei dies auch nur, wie zumeist, von der Angst initiiert, als harmlos entlarvt zu werden.

»Bedrängt man Sie, oder fühlen Sie sich belästigt?«, ruft ihm der Unbekannte zu. »Sie wirken gehetzt Ich halte gerne einen Platz frei, bis Sie zur Bank gelangen. Für Fragen wird noch Raum sein, nachdem Sie sich setzten. Ihr, die, wie Sie sehen, sich ebenfalls auf dem Weg hierher befindet, bleibt es vorbehalten, nachzurücken. Wir wissen um das Vertraute zwischen Ihnen beiden, weswegen man durchaus denken könnte, man störe.

Ich frage mich nur, seit wann Sie wieder rauchen. Sie halten eine Zigarette in der Hand. Mein Interesse werden Sie verstehen, bei einschlägiger Werbetätigkeit.

Doch auch außerberuflich würde ich Ihnen zuraten. Es geht um Ihre Freiheit. Genauer gesagt, um die Freilegung Sie innerlich bedrängender Anteile. Ohne das Gift dringen Sie niemals bis dorthin vor. Immerhin geht es um Ihre Täterschaft. Insofern, ziehen Sie den Rauch nur kräftig ein. Damit brechen Sie auf. Kratzen am eigenen Opferglanz. Spicken nach dem Rebellen. Dem Gekränkten in Ihnen und dessen Unersättlichkeit.«

»Seien Sie behutsam mit ihm«, ermahnt sie, kaum bei der Bank angelangt, den Unbekannten, »komme ich doch gerade noch zurecht. Als ich eben den Wagen abstellte, die Schläger anrücken, Sie schon sitzen und ihn auf Sie zugehen sah, glaubte ich, Sirenen zu vernehmen. Sie müssen sie überhört haben. Zuerst dachte ich an Probealarm. Doch dann sah ich Rauch aus seiner elterlichen Wohnung aufsteigen. Schräg über das darüber liegende Stockwerk hinweg. Es muss sich um die Diele handeln. Zweifellos finden dort Kämpfe statt. Brennen Balustraden.«

Er starrt auf sein Elternhaus. Sieht vermeintlich seine Mutter durch den Hof eilen, ihre Schritte auf ihn lenken, klagen, der Vater und die Geschwister seien noch drin: – sie verbrennen, alles verbrennt, du Brandstifter, Unglückseliger, ich wollte dich nie. – – Aber Mutter, das ist der Münzer mit den Bauernhaufen. Die Allgäuer und die Baltringer. Der Seehaufen rückt von Süden nach. Der Götz schleift Burgen und Klöster. Samt ihnen die feudale Obrigkeit. Mutter, es muss sein, das Hauen und Brennen gegen den Luther, die Fugger, den Bauernjörg und seine Landsknechte. Gegen den Kleinzehnten, den Großzehnten, die Gült, die Leibeigenschaft, den Frondienst, den Frevel, die Willkür, den Todfall, allein in Gottes Namen. Jäcklin Rohrbach ruft zum Spießrutenlauf, der Nonnenmacher pfeift ihm auf. Es sind 18000, Mutter, sie nehmen die Stadt. Der Müller kommt zu Hilfe. Er weiß vom Schweizerkrieg und kennt sich darin aus. Wer nicht mordet, sagte er, wird ermordet. –

Die Schläger haben sich unterdessen bedrohlich vor ihm aufgebaut. Er könnte ihnen nun ohne Weiteres zukommen lassen, dass der Polizeibeamte äußerst formal aufgetreten sei, ohne das Persönliche außer Acht gelassen zu haben. Seine Aussage zwar hinterfragt, ihre Namen aber nicht eingefordert hätte. Er sich lediglich selbst mehr infrage stellen solle, wozu er durchaus bereit sei, nur eben die Kameraden nicht im Stich lasse, kämpften sie doch von Barrikade zu Barrikade, rängen um jeden Meter und benötigten dringend Unterstützung. Es gehe um jeden Mann. Vor allem um solche, die mit dem Gelände vertraut seien. Sobald man den Feind nur über die Brücke auf die untere Wiese abdrängen könne, sich im Kiosk verbarrikadieren, die Gewehre auf die Büsche richten und sie ihren Platz auf der Decke einnehme, eine Hälfte frei lasse, sein Vater sich zu ihr lege, flüsternd, streifend, untergreifend, wäre der Weg für die Schläger frei, rauchend vorbeizuschlendern und sie mit unmissverständlichen Blicken zu ermahnen, keinesfalls die Wahrheit preiszugeben. – Aus dem Schussfeld, Mutter! Das Freibad ist tabu für dich. Da kannst du nicht Partei ergreifen. Vater ist meinetwegen gegangen. Ich war es, der Feuer legte. Er hatte keine Wahl. Nun hat man die Folgen zu tragen. Sobald die Schläger das ihre verrichteten, wird geschossen. Ob es dir recht ist oder nicht. Mich hat man auch nicht gefragt. –

»Alle Achtung. Als Ihnen offenbar unbekannter, lediglich zufällig einbezogener Banknachbar muss ich Ihnen meine Hochachtung aussprechen. Wie Sie die Schläger für Ihre Sache zu gewinnen vermochten, war meisterlich. Ist doch der Anteil, den Sie ihnen bei der Klärung Ihrer familiären Angelegenheiten zuschreiben konnten, immens. Wäre Ihr Vater in den Besitz der entsprechenden Informationen gelangt, hätte er von dem Abenteuer abgelassen und Sie wären alleinverantwortlich mit ihr zurückgeblieben. So aber wurde zurecht geschossen. Er war nicht zu retten.

Man könnte ohnehin glauben, Sie besäßen einen Draht zu der Bande, wären unmittelbar mit ihr verbunden und könnten sich jedes Einzelnen wahllos bedienen.

Natürlich werde ich Sie diesbezüglich nicht belasten. Das ist Sache des Beamten. Er betrachtet weniger den familiären Hintergrund als von außen aufkommende Gewalt. Das ist seine Pflicht. Doch mit Augenmerk auf Ihre persönliche Aufarbeitung, empfehle ich französisch Filterlose.«

Es befällt ihn ein Argwohn. Die Neigung, dem auf ihn einwirkenden Banknachbarn die Vernachlässigung jener Anteile zu unterstellen, für die er vielmehr sie verantwortlich sieht. Ihm also vorzuwerfen, die von ihr ausgehende Verführungsabsicht unbeachtet gelassen und fälschlicherweise die Schläger vorangestellt zu haben.

Doch, wo ist sie, wird er von einer ihn überkommenden Frage überrascht. Normalerweise lässt sie nicht zu, dass man sich ihrer bedient. Verbietet sich Gedankenspiele, die sich ihrer bemächtigen. Also muss man sie suchen. An der Schwimmbadkasse fragen. Die Kartenabreißerin. Die Geschwister. Die Wiesen durchkämmen. Das Becken. Die Ankleide. Den Kioskbereich. Die Menschenlager, in denen sie sich womöglich verbirgt.

»Bitte, lassen Sie mich los«, wirkt er auf den Unbekannten ein, »ich muss sie finden. Ich habe nichts dagegen einzuwenden, wenn Sie neben mir Platz nehmen, beziehungsweise mir einen solchen neben sich anbieten oder auch Rauchwaren empfehlen, doch müssen Sie mich loslassen. Mich nicht weiter wie einen Schläger arretieren. Schreiben Sie es sich selbst zu, bei Ihren Betrachtungen nicht das Ganze heranzuziehen. Wesentliche Anteile außen vor zu lassen. Durchaus Maßgebliches zu unterschlagen, wie zum Beispiel, wenn sie die Stirn hat, ihn zu verschweigen. Seine Präsenz zu leugnen. Seine Besuche zu bestreiten und fest darauf besteht, sie warte nur auf mich, habe lediglich mein Loslösen von den Schlägern im Sinn, meine Rückbesinnung auf die nur ihr geltende Zuneigung, auf das nur ihr zukommende Vertrauen, bei all der Sorge, die sie sich mache und der Gewalt, von der ich umgeben sei, dem Trinken, Rauchen, Schlagen, Zerstören.« – War es denn nicht Hochsommer, als ich von der Hauptwiese entlang dem glatt gegriffenen Rundholzbachgeländer über die Mittelwiese auf die Brücke zum Spielplatz bog, dich sah, das Gelb flirrte, Schweißfluss in die Lieder drang, Asphalt an den Fersen brannte? Hast du Feuer? Es ist gut, mit dir zu rauchen, wenn dein Gesicht sich in weißgrauen Ringen verliert und ich zum Turm hinaufschaue, wo wir uns küssen und der Turmwächter darum weiß, wie häufig, wie lange, wie innig und um den stillen Wunsch nach Dauer. –

»Sie müssen mich nun wirklich loslassen, Ihre Ratschläge bezüglich des Rauchens unterlassen, sich erheben und Ihrer Wege gehen. Meinetwegen bis zu dem Punkt. Dem letztlich verbleibenden Stand. Selbst wenn es dabei bliebe, ich habe es zu ertragen gelernt. Das ist der Lauf der Dinge.

Sobald Sie aufbrechen, fühle ich mich erleichtert, versuche mich ebenfalls von der Bank zu erheben, nach rechts zu wenden, um den kleinen Brunnen herum, über die Wiesen, zum Turm hinauf, um Ausschau zu halten, nach ihr, wäre da nur nicht die Müdigkeit.«

»Falls Ihre Suche mir gilt«, spricht sie ihn aus seinem Rücken an, »verliefe sie ohne Umstände. Ich halte mich direkt hinter Ihnen auf, beziehungsweise etwas seitlich zurück, sodass ich Ihre Wohnung im Blick behalte. Sämtliche Hinweise auf einen Brand schienen mir verflogen, hätte sich nicht diese eigenartige Figur im Fenster gezeigt. Als die Schläger sich verzogen, winkte sie ihnen nach. Erkennen konnte ich sie nicht. Bei meinem Bemühen, mich ihr zu nähern, verschwand sie zunehmend.

Sollte Ihre Suche wider Erwarten dieser Erscheinung und gar nicht mir gelten, würde die Aussicht auf ein rasches Auffinden natürlich sinken. Für diesen Fall stießen Sie unausweichlich auf ein Loch, nämlich das Ihrer Erinnerungen. Dabei verliert man gerne die Übersicht. Gerät ins Rätseln. Hegt Zweifel und wird zögerlich.

Ähnliche Rückblicke ahne ich allerdings auch bei meinem Freund und würde mir, wenn es sich schon so verhält, über die

Ihrigen Einblicke in diese versprechen. Das käme meinem Verständnis für seinen Zustand zugute. Ließ er sich doch während meines gestrigen Besuches von seiner Mutter derart ungestüm auf den Mund küssen, dass ich dachte, er müsse ersticken. Dennoch trank er, als sie ihm gleich darauf die Brust anlegte, trotz ganzkörperlicher Paralyse und alternativlos künstlicher Ernährung unbeeinträchtigt zügig.

Mein seinem Vater später auf dem Rücksitz vermitteltes Erstaunen darüber, veranlasste diesen zu der Feststellung, dass Kliniken, samt ihren Ärzten, dem stetig Fortlaufenden verfallen seien. Es zöge sie unaufhörlich mit. Deshalb könne man mit ihnen auch keine Geschäfte machen. Würden sie hingegen innehalten, das heißt, ihre Beobachtung konstant, schritte die Krankheit zwar voran, doch stieße man unwillkürlich auf die nachrückende Ursache.

Man brauche, merkte er an, bei einer derart gelenkten Regression den Patienten nicht in jedem Fall bis in die Kleinkindphase zurückzuführen, sondern lediglich bis zu dem Augenblick, in welchem er sich mehr zu bezahlen bereit zeige, beziehungsweise, im besten Fall, einwillige, würde er nur überleben, sein gesamtes Vermögen preiszugeben.

Ich müsse doch verstehen, dass er es als Geschäftsmann nicht tolerieren könne, dass ein Genesender, der den Tod vor Augen hatte, auch nur einen Cent noch besitze.

Mein hartnäckiges Nachfragen bezüglich des Zusammenhangs mit dem von mir Beobachteten, beantwortete er damit, dass sein Sohn, an der Mutterbrust trinkend, jegliche Eigenständigkeit aufgegeben und sich in das Mittellose der Symbiose habe zurückfallen lassen. Einzig und allein des Überlebens willen. Dazu hätten ihm die Ärzte nicht verhelfen können. Diese seien immer schon voraus. Eine Mutter aber bleibe Mutter. Ein Stillstand, der, wie er unlängst schon angedeutet hätte, den wesentlichen Anteil des der Familie anhaftenden Heiligen ausmache.

Der Rest, ergänzte er beiläufig, würde durch den eher geschäftlichen Aspekt abgedeckt, der dafür Sorge trage, dass auch das Preisgegebene in familiärem Besitz verbleibe.

Manche charakterisierten diesen Mechanismus als bipolare Geschlossenheit der Familie, beziehungsweise als schachernde Liebe. Was jedoch den gesundheitlichen Fortschritt beträfe, beharrte der Vater, habe sein Sohn dieser Umstände wegen erstmals seit seiner Verletzung wieder eigenständig Nahrung zu sich genommen.

Ich weiß nicht, ob ihn diese ermutigende Aussicht bewog, nochmals auf das Ferienhaus zu sprechen zu kommen. Insofern kann es sein, dass ich die nächsten Tage nicht zugegen bin. Jedenfalls, so äußerte er sich nach dem anschließenden Liebesakt, verlange dieser nach mehr.

In diesem Punkt kann ich von einer gewissen Verlässlichkeit ausgehen. Seine Worte sind nicht leer. Er spricht sie wie ein Versprechen. Und irgendwie habe auch ich mir Ziele gesteckt. Das ergibt sich so. Fast unmerklich, jedoch unumkehrbar.

Manchmal, muss ich eingestehen, scheint es mir geradezu unwirklich. Solch ein Fundament, es erträgt jede Wucht, und am Höhepunkt wird es familiär.«

Während ihrer Ausführungen blieb sein Blick auf die elterliche Wohnung gerichtet. Haftete fest an dem besagten Fenster. Nicht jedoch der Erinnerung wegen, sondern animiert von der Hoffnung, jetzt, im Alter, der von ihr beobachteten Erscheinung gewahr zu werden, um die er sehr wohl weiß, sie aber stets der Vergangenheit zuschrieb. Nun also tatsächlich Zugriff zu erhalten und sie nicht sogleich wieder seiner Jugend zuschreiben zu müssen. Sich befähigt zu sehen, sie fotografisch festzuhalten, ein Datum zu vermerken und Abzüge zu verteilen.

Entsprechendes würden seine Erinnerungen niemals leisten, kaum Gleichwertiges zu seiner Glaubwürdigkeit beitragen, verlieren sie sich doch stets im Beliebigen und dem Gutdünken eingebildeter Jungmannskraft.

Doch er vermag die Figur nicht auszumachen. Empfindet deshalb Ernüchterung. Aufkommendes Widerstreben. Angriffslust. Wendet seinen Blick vom Fenster ab und richtet ihn auf sie. Sieht sie lange von oben herab an.

»Wer bist du, warum erzählst du mir das, von seinem Vater und dir, dessen Absichten und deinem Zugänglichen. Ich wollte deinen Freund nicht retten, trat einfach nur hinzu, sozusagen wie von selbst, geriet unversehens hinein in die Schlägerei, die Gewalt, das üble Ende. Danach musste ich ihn identifizieren, liegend, auf dem weißen, von hohen Schrankwänden und einem Visitestreifen umgrenzten Schläuchebett, von wo aus er zweifellos, läge er noch dort, die Figur erkennen würde, sich weder aufrichten, umwenden, noch freie Sicht erbeten müsse, über das Treppenhaus zu ihr hinauf stiege, die Diele durchquere, die Garderobe, die von hohen Tannen beschattete Wohnstube, hin zum Fenster, zu ihr träte, seinen Arm um ihre Taille lege, die Stirn an ihren Scheitel und flüstere: –Würdest du jetzt bei ihm sein, wären wir alle verraten –. – Du hast recht, mein Bruder, sobald man fühlt, ich meine, im Widerstand sich spürt und doch nicht urteilt, ist die Sache verraten. Doch entschieden seinen Weg zu gehen wie du, bis zur tödlichen Vereinnahmung, gegen die Freiheit und dennoch für sie, um ihretwillen, die bin ich nicht, auch wenn ich um deinetwillen schweige. Zu sehr noch Kind, mit jugendlichem Verlangen, schon tiefer Einsicht, doch bei Weitem nicht genug. Zu schön scheint mir die Welt, obwohl sie hässlich ist. Falls ich dann, trotz allem, vor dem Richter stehe, der dich strafte, und mutig seinen Stand verdamme, seine Obrigkeit, seine braunen Ideale und für die Freiheit rufe, so rufe ich doch für die meine, mein eigenes Recht zu lieben, vor jeder Gerechtigkeit. Doch wir haben es getan, mein Bruder, aufgewiegelt, angestiftet, gebrandmarkt: Wir schweigen nicht, wir sind das böse Gewissen.

Es war unser Recht. Krieg und Völkermord, das fordert Aufbegehren. Nur wissen deine Ohren, die er gnadenlos ins Koma zwang, sein Schreien ist noch lauter. Laut wie das Tuch, mit jenem

Hakenkreuz bedruckt, vor dem er brüllt, bis es die Gräber schmückt, von Menschen, die ich liebte.

Aber was, wenn ich dir folge? Wie liebt man ohne Kopf, den jeder kühne Aufruf kostet? Und gar den Richter selbst, darf ich ihn hassen? Nicht höchstens seine Tat? Die Wirkung seiner Runst?

Ich bleibe hier, bei dir, in elterlichen Räumen grauenvoller Zeit. Im dunklen Jenseits lächelnder Nähe. In schmerzend treuer Ferne und einer Träne um mich selbst.

Jemand muss es tragen, wenn andere lieben mögen. Ein letztes Flugblatt soll der Sühne dienen. Geworfen aus tiefster Scham, oben von der Diele, mitten in den Lichthof hinein. Pro Flugblatt einen Tod. Frisch auf, mein Volk, die Flammenzeichen rauchen. Siehst du sie flattern, die schweren Worte. Jetzt sind sie Buße, zuvor noch Wut. Dürften sie nur lieben, die anderen. Wie sehr ich mir das wünschte, und wünschte auch für mich. –

»Ich trete gern zur Seite. Sie sollen freie Sicht haben solange Sie nach der Figur am Fenster trachten und versuchen, sich in sie hineinzuversetzen. Unterdessen könnte ich Ihnen weitere Einzelheiten von mir und seinem Vater preisgeben. Beides ist vereinbar, auch wenn es Ihnen widerstrebt. Was die Erscheinung anbetrifft, trete ich Sie Ihnen, trotz seines Grundsatzes, an dem festzuhalten, was man einmal ins Auge fasste, ab. Es handelt sich um das Fenster Ihrer elterlichen Wohnung und meinerseits um einen eher zufälligen Blick. Es liegt auch für niemanden ein Grund vor, sich mir in dieser Weise zu präsentieren. Es muss ausschließlich Ihnen gegolten haben.

Leider waren Sie in Machenschaften Ihres Vaters und dem damit verbundenen Leid Ihrer Mutter verfangen, während sich die Figur offenbarte. Eigentlich eine Botschaft außerhalb jeglicher familiären Verstrickung. Eine Gelegenheit, die man deshalb ergreifen sollte und das Angebot erwidern. Möglicherweise wird Ihnen ein verspäteter Versuch zugestanden. Nachträgliches Interesse honoriert. Sie winkte auch den Schlägern nach.

Für einen solchen Fall könnte ich mich Ihnen als Zeugin zur Verfügung stellen und den entsprechenden Kontakt bestätigen.

So würden Sie von meiner Jugend profitieren, welche Erinnerung eher ausschließt. Das Meinige geschieht tatsächlich. Spielt vornehmlich im Jetzt. In greifbar zeitlichen Umständen. Da hat man deutlich bessere Karten.

Sofern Sie also jemanden am Fenster erkennen, geben Sie mir Bescheid. Damit wären Sie auf der sicheren Seite.

Natürlich bestünde die Alternative der Fotografie. Aber unterschätzen Sie solche Erscheinungen nicht. Selbst der beste Apparat kann nur Konturen liefern, wo es sich um unbewusste Erwartungen handelt. Solche, die niemals Schmähungen standhielten. An zwielichtigen Bemerkungen zerbrächen. Doch Fotografien verleiten zu solchen. Zum Beliebigen der Kollage.

Beriefen Sie sich jedoch auf mich als ihre Zeugin, könnte mein Erleben mit dem Vater meines Freundes eine Bestätigung für Ihre Auslegung sein. Sie sind nun einmal in seinem Alter. Und die Figur am Fenster entspricht meiner Jugend. Insofern schiene es durchaus wirklichkeitsnah.

Bleiben Sie also entschlossen. Lassen Sie sich nicht beeinträchtigen. Der Turmwärter würde auf das Geländer trommeln, glauben Sie mir, bis der Turm in seiner Spitze bebt.

Der Vater meines Freundes jedenfalls, ließe es sich nicht entgehen. Er würde beschwörend hinaufblicken, bis das Zinnenfenster aufgestoßen, die Arme aufgehalten und der Zopf heruntergelassen wäre. Sie kennen das Märchen und wissen um die aufgerissenen Autotüren, hinter denen ich saß und Sie herüberkamen, ganz ohne Grund, wie Sie sagten, nur so von ungefähr, und es für meinen Freund übel ausging.

Sofern Sie also Courage besitzen, erkennen Sie mich in der Erscheinung. Ordnen Sie die Gestalt der meinen zu. Würde sich Ihr Gebaren dadurch dem des Vaters meines Freundes angleichen, erschiene mir das verlockend.«

Sein Blick schwenkt zur Litfaßsäule. Heftet sich an das Plakat. Fixiert das Model. Gewahrt es hoch zu Ross, die eine Hand am Zügel, in der anderen die weiße Überlänge. Aber das liegt weit zurück, sagt er sich, das mit den Helden. Als er noch breitbeinig den Filmpalast verließ, die Arme angewinkelt, die Lider schmal zusammengekniffen die Zigarettenschachtel aus der Tasche zog, eine Kippe herausnahm, in den Mundwinkel schob, sie anzündete und sich des Gefühls erwehrte, einem der Einschränkung, der Minderung, dass das Unsägliche der im Western verkörperten Frauenrolle, jene weichspülende Zersetzung von Mann gegen Mann, ein erstes Zeichen innerer Fäulnis sei.

Damals haftete sein Interesse am gemessen vom Office über die staubige Sandfläche zweier zusammenlaufender Siedlungstrassen streifenden Blick des Sheriff auf den Saloon und die pünktlich dort eintreffende Postkutsche mit dem Bandenboss. Doch damit genug, sagte er sich, Gauner, Säufer, Revolverhelden, eingesessene oder vorüberziehende, das genüge für zwei Herzen in seiner Brust. Für die halbwüchsige Zerreißprobe zwischen Gut und Böse.

Es arbeitete eiskalt hinter seiner Stirn, denn unter den mattblau schwingenden Frauenröcken spürte er den Sog zur Beuge lauern. Das obligatorische Absenken zum Kuss. Das fatale sich Neigen gerechter Mannesfalten auf glatt geschminkte Frauenhaut.

Man muss unbedingt rauchen, ermahnte er sich. Das Weiche wegbrennen, exekutieren, Loyalität wahren. Wenn schon anderes, dann Indianer. Das Metagerechte. Die roten Götter, die den falschen Helden Zunder geben. Das verhieße Versöhnung. Ein Leben in Pueblos.

»Offenbar«, reißt sie ihn aus seinen Gedanken, »gilt Ihre Aufmerksamkeit weniger mir, als vielmehr Ihnen selbst und Ihren ausschweifenden Erinnerungen. Ich habe mit anderem gerechnet. Mit Gewogenheit. Sympathie. Durchaus auch Lust. Zumindest einem Angesprochensein.

Sofern ich Ihnen von dem Vater meines Freundes berichte, entspringt dies ja einer Verpflichtung. Derjenigen, Ihnen Gegenwärtiges zu ermöglichen. Ihre Erfahrung im Jetzt zu entfalten und von überquellenden Erinnerungen frei zu halten.

Natürlich sind meine Möglichkeiten begrenzt. Sicherlich auch die Ihren. Man ist sich eben fremd geworden, sozusagen konträr, über die Zeit. Doch da ich nun einmal zugegen bin, ungeachtet der unglücklichen Umständen für Sie und meinen Freund, sollten wir uns arrangieren. Am besten, Sie sähen in mir die Vermittlerin. Eine der Gegenwart abgestellte Zukünftige.

Tatsächlich Gegenwärtige eignen sich dafür nicht. Sie laufen Gefahr, selbst Unzumutbares zu akzeptieren. Das entzieht der Töricht des Alters den Schutz. Daraus resultieren tragische Vorkommnisse.

Wahrscheinlich werden Sie sich nun fragen, wie mein Verhältnis zu seinem Vater aufzufassen sei. Inwieweit es auch Sie betreffe. Ich müsste Ihnen antworten, es gehe vornehmlich um Sie. Doch das tue ich nicht. Man hat seinen Stolz. So desinteressiert, wie Sie sich geben, spielt man vermeintlich keine Rolle. Macht nicht von sich reden. Doch irgendwie reicht meine Jugend über dieselbe hinaus. Wie auch Ihr Alter hinter es zurück. Gleich Ihnen, im Erinnern, möchte ich im Voraus genießen. Das ist beides menschlich. Insofern sind Sie mir nicht egal. Sie gehen ja dem Tod entgegen und knapp hinter mir liegt meine Kindheit. Da ist ein Übergriff nicht aus der Welt.«

Die dunkelblaue Limousine fährt vor. Hält neben der Sitzbank. Laufender Motor. Geschlossene Türen. Hochgefahrene Fenster. Die Scheinwerfer auf sie und ihn gerichtet.

Er fühlt sich geblendet. Spürt Ärger. Widerwillen. Erhebt sich von der Bank. Wendet sich zum Brunnen. Beugt sich unter den Hahn. Wölbt seine Lippen. Trinkt. Sabbert. Trocknet mit dem Ärmel seinen Mund. Stößt einen Fluch aus. Nimmt den Weg zum Turm. Lässt sie auf der Bank zurück.

»Gut, dass Sie zugegen sind«, wendet sie sich an den Unbekannten, »ich hatte Sie des heranfahrenden Fahrzeugs wegen nicht kommen sehen, wollte Sie jedoch ohnehin ansprechen und nochmals um Rücksicht auf ihn bitten. Vor allem für den Fall meiner Abwesenheit. Ich erwähnte es schon, das Ferienhaus.

Rücksicht, insbesondere nach seinen Besuchen auf dem Turm. Der Ausblick über die Wiesen reißt ihm Wunden auf. Das verlangt nach Schonung. Vorübergehender Zurückhaltung. Er unterscheidet nicht zwischen einst und jetzt. Vermischt die Zeiten. Insofern ist Fingerspitzengefühl gefragt. Einfühlungsvermögen und Nachsicht. Auch wenn er wieder zur Zigarette greift, Bewegung in die Sache kommt, es geht nur Schritt für Schritt.«

»Sie werden erwartet«, verweist sie der Unbekannte auf die vorgefahrene Limousine, »es bleibt Ihnen keine Zeit für weitere Erklärungen. Nicht einmal der Motor ist ausgeschaltet. Die Türe blieb ungeöffnet. Die Scheibe geschlossen. Niemand zeigt sich. Sie können keinesfalls sicher sein, überhaupt angesprochen oder herbeigerufen zu werden. Laufen also Gefahr, die Verabredung zu verpassen, sofern Sie sich nicht ohnehin dagegen verwahren, das heißt, gar nicht erst einsteigen möchten.

Für diesen Fall stehe ich Ihnen zur Seite. Ferienhaus ist ein weiter Begriff. Man muss mit allem rechnen. Mit Unpersönlichem, unbeseelten Abläufen und apparativen Eingriffen. Selbst die Dauer des eigenen Interesses lässt Fragen offen. Was geschieht beispielsweise, wenn sie verloren geht, die Neigung, das Verlangen, die Bereitschaft. Aber auch sonst benötigt jeder Höhepunkt Auslauf. Raum für Erschlaffen. Zeit für Wiederaufbereitung. Man muss über das Begehren hinausschauen. Auf das Danach. Den Abfall. Die Talsohle. Kann nicht ununterbrochen *Annabelle* hören, auch wenn es klingt wie Jasmin. Erst im Verstummen erwächst der neue Drang.«

Die Lichthupe des dunkelblauen Mercedes wird getätigt. Der Unbekannte vermutet, es seien die Schläger, die hinter den Bäumen hervortreten, zur Litfaßsäule schlendern, Feuerzeuge aus der Tasche ziehen, sie betätigen und von unten herauf die großflächig angebrachte Tabakwerbung abfackeln. Er meint Zeuge davon zu sein, wie sein Konterfei verblasst, schwelende Rußbänder darüber hinweg kriechen, zu länglichen Blasen gewellt, Aschefetzen aufsteigen und langsam zerfallen, zartblättrig aufgefaltet als rasch sich abkühlende Bordsteinhäufchen in zunehmend Nichts.

Davon unberührt erhebt sie sich von der Bank. Entfernt sich. Zögert. Setzt zaghaft Schritt für Schritt, etwas verschämt, als sei sie befangen. Wendet sich nochmals zu dem Unbekannten um. Macht zwei Schritte zurück. Wartet. Dreht sich erneut. Geht langsam weiter. Erreicht das Fahrzeug. Öffnet die Wagentüre. Steigt ein. Unversehens elegant.

Der Mercedes fährt an. Rollt die Straße hinab. Am Elternhaus vorbei. Biegt nach rechts in die Ausfallallee, beschleunigt, verliert sich, während im Fahrzeuginneren der Vater ihres Freundes seine rechte Hand auf ihren linken Schenkel legt und sagt: »Weißt du, in der Werbebranche kann man sich das nicht erlauben. Da muss man lächeln. Darf niemals Partei ergreifen. Höchstens symbolisch. Sozusagen unverbindlich. Auch wenn die Tabakindustrie ihre eigenen Wege geht. Einzudringen versucht. Im Unfertigen fingert. Blasen bildet. Da geht es ums Unbewusste. Fiktive. Absatzchancen. Das funktioniert. Doch dein vermeintlich unbekannter, durchaus werbetüchtige Banknachbar meinte es ernst. Denunzierte das Ferienhaus in voller Absicht. Warnte vor Untaten. Bedenklichen Praktiken. Maschinell gelenkten Vorgängen und dem Mangel jeglichen Einfühlungsvermögens. Zumindest versuchte er dir Unpersönliches vorzugaukeln und eindringlich davon abzuraten.

Doch das Ferienhaus ist bewohnt. Das hat er nicht bedacht. Meine Jugendliebe. Nach meiner Heirat habe ich sie darin untergebracht. Du wirst nicht alleine mit mir sein. In etwa drei Stunden werden wir eintreffen.

Bei dem Anwesen, das du dort zu Gesicht bekommst, handelt es sich um ein oft vorgestelltes Objekt, umschließt es doch zirka fünfhundert Quadratmeter Gebäude, einschließlich der Pavillons und verschiedenen Anbauten. Teil der Gesamtanlage sind ein Edelstahlschwimmbecken, zwei Zypressenalleen, Olivenhaine, sowie ein drei Hektar großer Park nebst einem Hubschrauberlandeplatz. Die Fassadenflächen sind ockerfarben verputzt und reichen bis zur Attika der Flachdächer. Die Südfassade vor den Schlafzimmern öffnet sich mit zahlreichen Fensterflächen und Terrassen nach Süden mit Ausblick auf die Nordseite der Bergkette. Durch die Hanglage steht der westliche Gebäudeteil mit dem Esszimmer hervor und bildet im Sockelgeschoss einen stützenfrei überdeckten Freiplatz. Vom Eingang führt eine sanft ansteigende Rampe in den ersten Stock zu den Wohnräumen. Diese öffnen sich über Glasschiebewände zu einem Terrassengarten. Die Disposition verstellbarer Schiebeläden aus Lamellen erlaubt den Blick auf die unterhalb gelegene Talsohle mit dem blaugrünen Almsee. Eine zweiläufige Treppe verbindet die Dachterrasse mit dem Eingang zum Park. An der rückwärtigen Fassade befindet sich ein Mittelrisalit mit kannelierten Halbsäulen und einem weiteren Treppenhaus, über das man in den fensterlosen Apparatesaal gelangt«.

»Fackelt die Säule ruhig ab«, ruft der auf der Bank zurückgebliebene Unbekannte den Brandstiftern zu, »ich halte aus, bis er vom Turm zurückkehrt. Nicht, weil es mir aufgetragen ist, ich bin es ihm schuldig. An mich persönlich werdet ihr euch nicht wagen. Es beim Plakat belassen. Das Unbekannte ist niemandem geheuer. Auch nicht der Jugend. Selbst wenn ihr mich belangt, es bliebe der Punkt. Darüber kann man sich kundig machen. Sie ist allgemein zugänglich, die Tatsache, mich nicht in Gänze ausschalten zu können. Sich mit mir arrangieren zu müssen, selbst wenn ich die Wahrheit ans Licht bringe. Beispielsweise darüber, wie es um euch bestellt ist. Dass ihr auf der Stelle tretet. Keinen Schritt vorankommt. Stagniert. Man bleibt keine 50 Jahre Schläger. Das ist illusorisch. Auch wenn Geld ins Spiel kommt. Lobby sich breit macht. Statussymbole winken. Positionen ermächtigen. Verträge absichern. Apparate einspringen. Ab einem gewissen Alter ist man verantwortlich. Da schützt kein Grinsen, kein Spucken, kein Grashalm, keine Kippe, kein Schweigen, kein einander Decken, keine Kumpanei.

Noch aber könnt ihr die Zeit nutzen. Euch mit dem Beamten verständigen. Den Hergang rekonstruieren und zwar frei von Straftatbestand überlagernden Erinnerungen. Ungeachtet zeitlicher Verschiebungen.

Er wäre sicher überrascht. Eine derart lückenlose Rechtfertigung. Ein solch wasserdichtes Alibi. Doch ihr werdet auf der Tat beharren. Keinen Millimeter abrücken. Als gehöre zum Schläger die Gewalt. Was wärt ihr auch, ohne Unwesen, ohne zerstörerisches Verlangen, ihr butterweichen Knaben, Muttersöhnchen und Kummerbuben? Soll ich euch ein Lied singen? Ein Gebet sprechen? Mich zu euch herab neigen? Die heißen Backen küssen?

Setzt euch nicht auf. Nein, nicht aufsetzen. Nicht den Starken mimen. Bleibt, wer ihr seid. Lasst die Tränen in das Leinen fließen. Denkt an eure Mutter. Hört, wie sie eifrig ist. Draußen in der Diele. Im Gang. In der Garderobe. Im Wohnzimmer. Die reinlichen Geräusche.

Kaum hat sie ihre Arbeit abgeschlossen, wird sie hereinkommen. Sich zu euch setzen. Sprechen. Flüstern. Streicheln. Heiße Milch mit Honig löffeln. Nicht irgendwo im Sterben liegen und der Vater kommt nicht nach Hause. Er wird sie vielmehr küssen. Jeden Abend. All die Jahre nachholen, die Versäumten und euch tragen, durch die Höfe, Straßen, Wege, Wiesen, Wälder, wie einst.

Hierher also, ich rufe euch herbei, nach Hause, jetzt, wo alles gut ist. Aber ihr hört nicht. Schweigt. Trotzt. Lasst zu, dass sie in sein Fahrzeug steigt, ihn in das Ferienhaus begleitet, sich den Apparaten aussetzt, dem Abrieb fremder Lust und reibt euch dabei selbst. Ja, reibt euch, reibt euch, bis ihr brecht. Das einzige, was noch bleibt.«

»Wenn ich wieder neben Ihnen Platz nehmen darf«, unterbricht er vom Turm zurückgekehrt, den aufgebracht wirkenden Unbekannten, »Sie wissen ich sitze für gewöhnlich auf der Bank. Meinen Ausreißversuch habe ich abgebrochen. Vielleicht etwas zu früh, zumindest früher, als vorgesehen. Gleichwohl hoffe ich Sie darauf eingestellt, oder, wenn ich so sagen darf, im unverstellten Glauben an das Verbindliche, das, wie man sagt, im Unbekannten erst wächst.

Aber ich treffe Sie in Rage an. Vergleichsweise rabiat. Fast unbeherrscht. Im heftigen Bestreben, auf jemanden einzuwirken. Aber ich erkenne weit und breit niemanden, dem es gelten könnte. Sagen Sie nicht, es wären die Schläger. Das kann nicht sein. Die Bande sah ich vom Turm aus durch das Freibad streichen, als suchten sie ein Opfer. Sie suchen manchmal ein Opfer. Es gibt Tage, an denen sie besonders unruhig wirken, wobei ich glaube, das hat mit ihr zu tun, wenn sie sich auf der Suche befindet. Sich irgendwie einzulassen bereit ist.

Tatsächlich erlebe ich sie häufig auf der Suche. Auch das Ferienhaus scheint eine solche. Als signalisiere es ihr Herkunft, eine Art Mutterhaus für ein inneres Angestoßensein oder einfach nur fortlaufendes Wiederholen.

Hat man dafür kein Verständnis, erscheint ihr Tun anstößig. Doch das wird ihr nicht gerecht. Sie handelt ausgesprochen aufrichtig. Nimmt niemals falsche Rücksicht. Bleibt sich ungemein treu. Irgendwie nah, so, als solle nichts dazwischen gelangen, zwischen ihr Dreistes und die Anmut.

Natürlich, Sie merken es meinen Äußerungen an, hat der Wächter auf mich eingewirkt. Nahm beträchtlichen Einfluss. Man kehrt nicht vom Turm zurück, nachdem man dorthin auswich und verhält sich, als wäre nichts gewesen, geschweige denn, gäbe vor, den Vorgang sich nunmehr erklären, respektive nach außen vertreten zu können. Vielmehr spürt man nach. Und durchaus etwas tiefer.

Er kenne sich in diesen Dingen aus, versicherte mir der Turmwächter, verfüge über Einsichten, die normalerweise unzugänglich seien. Ausschließlich ihm offenständen, im Rahmen seines Auftrags. Auf diesem Hintergrund beobachte er auch die Turmbesucher. So auch sie. Sei sie in meiner Begleitung, derer des Vaters ihres Freundes oder der der Schläger. Doch durchaus auch unbegleitet. Gänzlich in ihrem Eigentümlichen, wenn sie im Verlauf der

Turmparty an den Gästen vorüber streicht, das Glas leicht schräg, seltsam lächelnd, gefällig nah, fast streifend, an Plaudernden, Rauchenden, Trinkenden, Lachenden, Knutschenden, Tanzenden, Paaren, Gruppen, Verdruckten und aufreizend flaniert. Sieht und wegsieht. Hört und überhört. Die untere Plattform betritt. Sich einem Schulfreund zuwendet. Sich ihm zuneigt. Sich küssen lässt. Anhaltend küssen lässt. Dann schweigt. Weitergeht. Sich anders als Andere empfindet. Nichts empfindet. Das Fest verlässt. In den Mercedes steigt. Neuestes Modell. Scheine erhält. Kein Verlangen empfindet, zum Turm zurückzukehren, eher zur Sitzbank, um sich dort auszusprechen, ihre eigenen Belange vorzubringen oder die ihres Freundes, der nunmehr, aus dem Koma erwacht, die Eintrittsphase der Frührehabilitation beschreite, Unterweisung in die dem Schadensgrad angepasste Wahrnehmung erhalte, Angebote zur Bildung nonverbaler Mitteilungsformen, Anleitung zur Kontaktaufnahme mit der eigenen Haut, der Empfindung der Lage im Raum, den Stimulatoren muskulärer Bewegungssysteme und der Entdeckung autonomer Unterstützungspotenziale bezüglich einfachster Körperfunktionen. Zudem die Sinne angesprochen würden, durch Singen, Summen, ein Wasserbett mit Lautsprecher, Klang- und Rhythmusinstrumente, farbige, sich bewegende Beleuchtungskörper, Mobile und Wasserspiele im Raum, ein Schwimm- und Sprudelbad, Geschichtenerzählen und angeleitetes Streicheln im Zuge tiergestützter Perzeptionstherapie.

Gleichfalls würde sie berichten, als Partnerin hautnah in die Behandlung Ihres Freundes einbezogen zu sein, sich ein Bild von seinem Zustand machen zu können, Fortschritt und Stagnation mitzuerleben und die Chance zu erhalten, seine mehr und mehr zum Vorschein kommende Milde im Hinblick auf die Frage auf sich wirken zu lassen, worauf diese in ihr stoße, im Vergleich zum eher Groben, Unverblümten, wenn auch altersgemäß Natürlichen der Clique.

Sie es diesbezüglich auch den Schlägern hoch anrechne, dass sie ihre Ansprüche im Unverbindlichen beließen, und selbst wenn sie welche stellten, das Derbe anderweitig austrügen, wie auch dem Vater ihres Freundes die Fairness, bei der sie sich wert empfände, im Gegensatz zum alltäglich Gemäßen unter den Altersgenossen.«

»Man könnte meinen, sie beschreibe sich selbst«, zeigt sich der Unbekannte beeindruckt, »entweder Sie empfinden ihre Gefühle von Grund auf nach oder wurden meisterlich in sie hineinversetzt. Wenn dies dem Turmwächter zuzurechnen ist, muss man ihm zweifellos einräumen, dass er die Jugend einzuschätzen weiß. Solches kommt dieser dann auch zugute. Man urteilt mehr mit Bedacht über sie. Ich meine, auf das, was sie veranlasst, anders zu sein. Zu Anderem zu gelangen, ohne Aufsehen zu erregen, das heißt, ohne Aufbegehren, Aufruhr und offenen Widerstand, vielmehr unumwunden insgeheim.

Dass sie Ihnen vom Ferienhaus berichtet, betrachte ich übrigens als ein Privileg. Das dürfen Sie auch einem Ihnen vermeintlich unbekannten Banknachbarn glauben. Das hat mit Ihnen beiden zu tun, wobei sie schon im Recht ist, wenn sie sich nicht aufs Geratewohl Ihren Erinnerungen aussetzt. Auf gewisse Zeitnähe pocht, das heißt, aktuelle Bezogenheit erwartet und Reaktionen im Hier und Jetzt.

Ich denke, Sie verstehen das. Man kann sich nicht zur Wiederbelebung eigenster, erregender Erlebnisse animieren lassen und der Urheber bleibt außen vor. Damit meine ich, dass sie wohl gerne Anstoß geben würde, hierfür aber Resonanz wünscht. Durchaus berechtigt, wo sie doch ihren Anteil ausnahmslos aus Gegenwärtigem schöpft, als existiere sie ohne Geschichte, befände sich geradewegs im Vollzug, zeitgleich eben und erstmals auch nicht im Fahrzeug, sondern im Ferienhaus.

Nach Meinung des Turmwächters, wenn ich Sie recht verstehe, sei diese Entwicklung nicht verwerflich. Würden sich Bedenken als unnötig erweisen. Eher Staub aufwirbeln. Gar Verdecktes Ihrerseits ans Licht bringen. Doch irgendwann müssen Sie sich der Angelegenheit stellen und den damit einhergehenden Umständen, dass er in Ihrem Alter ist, sich an ihr sein Verlangen stillt, den Bau öffentlicher Gebäude managt, ein entstelltes Gesicht und einen Sohn hat, der ihr Freund ist.«

»Mir scheint, Sie insistieren noch immer, nur trifft es nun mich«, widersetzt er sich dem Unbekannten, »doch sagen Sie, was ist mit dem Plakat? Hat man Ihr Konterfei geschwärzt? Die Anschlagfläche verbrannt? Dabei kann man es nicht belassen. Muss sich der Sache annehmen. Erhielte der Beamte davon Kenntnis, würde er umfassend recherchieren, und man wäre gezwungen, sich zu erklären.

Mit dem Hinweis auf meine Abwesenheit würde er sich nicht begnügen. Auch die Anspielung auf das Ihnen Aufgetragene würde er nicht gelten lassen. Unbestechlich würde er die Schlägerbande ins Spiel bringen und damit mich.

Doch diese sah ich durch das Schwimmbad streichen. Kann ihre Täterschaft von daher ausschließen und muss Sie deshalb nochmals bitten, diejenigen zu nennen, denen Sie soeben derart eindringlich zuredeten. Um diese muss es sich handeln, was den Brandanschlag betrifft. Jedenfalls werden Sie mit mir einer Meinung sein, dass die Schläger nicht hier und dort zugleich sein können. Auch Gewalt ist an Zeit und Ort gebunden.

Bestehen Sie nun nicht darauf, die Gruppe hätte sich geteilt. Sie wissen so gut wie ich, dass das nicht möglich ist. Es sind nun einmal fünf. Daran lässt sich nichts ändern, selbst wenn der Beamte dies bezweifelte und es gemeinhin als unwahrscheinlich betrachtete, dass Bandenmitglieder über einen solch ausgedehnten Zeitraum zusammenstehen. Hatten sie doch alle etwas mit ihr. Das ist Fakt. Niemand bestreitet das. Nicht einmal sie selbst.

Also konnte er sie gar nicht für sich alleine haben. Und von wegen, es sei kein Krieg. Wäre ich nicht gezwungen gewesen, unerbittlich hinter meinen Kameraden zu stehen, hätte sie sich nicht verlassen gefühlt. Einen wie ihn nicht benötigt. Nicht einmal zur Kenntnis genommen. Sie hätte abends ihr Geschwister ins Bett gebracht, eine Geschichte vorgelesen, die Kerze ausgeblasen, sich ans Fenster gesetzt und gewartet, bis ich erscheine. Wie eigentlich jeden Abend.

Doch es kam zu Gewalt. Man kann den Krieg nicht außen vor lassen. Er dringt unwillkürlich ein. In die Zellen. Die Körperzellen. Die Liebeszellen. Alle erhalten den schwarzen Fleck. Das Verbrannte. Das Überlange. Den Kanonenrauch. Gewalt ist nicht zu minimieren. Nicht zu teilen. Zu stückeln. Klein zu reden. Sie geschieht immer am Stück.« – Wo ich doch zu dir gehöre. Keinen Gedanken hege, in dem du nicht aufgehoben bist. Keine Berührung zulasse, die nicht uns meint. Doch weinst du, und ich liege bei ihm, mein Liebster. Wenn ich zu dir möchte, hält er mich fest und flüstert, es sei kein Krieg. Liebevoll wie ein Mann. Es seien nur die Schläger. Die wären überall. Man müsse sich nur von ihnen fernhalten. Sie nicht zur Kenntnis nehmen. Niemals ihrem Ruf folgen. Dann hätte man Frieden. Als fände er Worte, die du nicht sagst. Deine Worte. Als berühre er mit Händen, die du nicht rührst. Deine Hände. Als schenke er Liebe, die du nicht zeigst. Deine Liebe. Doch sei unbesorgt, komme es, wie es wolle, als Missverständnis, schon möglich, doch niemals als Betrug. –

»Sie sahen es voraus«, merkt der Unbekannte auf, »ein Polizeifahrzeug nähert sich. Es bleibt kaum Zeit, sich abzustimmen. Wenn ich tatsächlich davon absehen soll, den Brandanschlag der Bande zuzuschreiben, müssen Sie mir Alternativen aufzeigen. Dass ich zugegen war, lässt sich nicht leugnen. Ich bin von mir aus in Kontakt getreten und somit gezwungen, mich zu äußern, mit wem.

Wir könnten uns auf die Franzosen einigen oder die Österreicher, wenn nötig die Braunen, kommt es doch darauf an, vom Verdacht auf einen Einzelnen abzulenken. Ein solcher käme, wie Sie beteuern, auch nicht in Betracht, könnte es sich für diesen Fall doch nur um Sie selbst handeln. Das bezweifelt niemand. Auch die Betroffene nicht, wenn ich Sie richtig verstehe.

Da Sie sich nun aber nachweislich auf dem Turm aufhielten, muss es sich um mehrere handeln. Wahrscheinlich eine Übermacht. Eine, die von unterschiedlichen Flanken einfällt. Selbst die Freunde sind nicht über jeden Zweifel erhaben. Die kleinen Geschwister. Die Badegäste.

Aber wie kam es überhaupt soweit? Es lief doch gut mit dem Getränkehandel. Sie hatten doch Ihre Abnehmer. Besaßen darüber hinaus die Absicht, das Geschäft auszuweiten. Ein weiteres Standbein anzugliedern. Die Bahnhofshalle. Das Reisegeschäft. Zentral. Unvoreingenommen. Multikulturell.

Man fragt sich wirklich, wo das alles geblieben ist. Wie es zu dieser Reduzierung kam. So ganz auf Sie selbst. Es sogar des Auftrags bedarf, Sie zu schützen, beziehungsweise sich Ihnen schonend zuzuwenden.

Nicht, dass ich nicht einverstanden wäre. Ihnen nicht bedingungslos zur Seite stünde. Die ihrerseits angekündigte Abwesenheit nicht überbrücken wollte. Doch, wenn währenddessen die Plakatsäule abgefackelt wird, von welchen, die im Schwimmbad ein Opfer suchen und es deshalb nicht gewesen sein können und ein Einzelner nicht, weil für diesen Fall nur derjenige, der sich zu besagter Zeit auf dem Turm aufhielt, in Betracht käme, bin ich gezwungen, Herr Kommissar, Sie zu bitten, wo Sie nun schon ihr Fahrzeug verlassen haben, hinzugetreten sind und unsere Unschlüssigkeit bezüglich der Aussage bemerkt haben, Ihre Fragen hinten anzustellen und sich der Möglichkeit eines Aufschubs zu bedienen. Den Gegebenheiten Zeit und Raum zu lassen, sich als Ganzes zu präsentieren. Als eine im Zusammenhang verständliche Szenerie.

Darf ich Ihnen zu diesem Zweck den Genuss einer Zigarette vorschlagen, einer französisch Filterlosen natürlich. In Anbetracht ihrer anstehenden Pensionierung scheint mir die Gewöhnung an Pausen unerlässlich, bevor sich das Ausbleiben von Aufträgen und der damit verbundenen Erfolge vollends durchsetzt.«

Der Polizeibeamte geht nicht darauf ein. Wendet sich geradewegs an ihn auf der Bank. Streift derart eng an dem Antwort erwartenden Unbekannten vorbei auf ihn zu, als bestehe zwischen beiden kein Kontakt. Macht sich, bei ihm angekommen, auch nicht erneut bekannt. Verweigert sowohl den angebotenen Platz, als auch seinen Rat, Getränken den Vorzug zu geben. Stellt sich vielmehr vor ihm auf und lässt die Pupillen kreisen, als sei es an ihm, sich zu erheben.

Das tut er aber nicht. Sieht den Beamten vielmehr eigens von unten herauf an. Nachhaltig, bis dieser sich beugt. Zunehmend beugt. Beinahe bricht. Nicht aus Ehrfurcht. Nicht aus Respekt. Allein der Intensität wegen. Der Schärfung des Wortes, das nunmehr geschliffen aus dessen Mund in sein Ohr schneidet:

»Brandstifter!«

Er ignoriert den Schnitt. Neigt einen Moment dazu, sich am Gedanken an seinen Getränkehandel festzuhalten, orientiert sich dann aber an der Standhaftigkeit des unweit von ihm verweilenden Unbekannten. Versucht, dessen stoische Reaktion zu übernehmen. Sie sich einzuverleiben. Sie eins zu eins dem vor ihm agierenden Beamten entgegenzuhalten. Für diesen erst gar nicht erreichbar zu sein. Ihm keinerlei Gegenüber darzustellen. Nicht die geringste Angriffsfläche zu bieten und erwidert:

»Es waren die Schläger.«

Der Oberkörper des Polizisten fährt zurück.

»Noch immer dieselbe Masche?«

»Sofern Sie mir eine Zigarette anböten, als Beamter, der das Versöhnliche zu pflegen hat, vorrangig, vor aller Anklage, wäre ich Ihnen dankbar und fühlte mich in der Lage, den mir zur Last gelegten Vorfall neu zu überdenken. Beteuerte sie doch stets, es gehe ihr nur um mich. Räumte den anderen nie wirklich ein. Es sei an mir, den Blickwinkel zu ändern. Das mit den Büschen im richtigen Licht zu sehen. Übrigens danke ich Ihnen für die Zigarette. Ich wusste nicht einmal, ob Sie rauchen. Insofern will auch ich Ihnen entgegenkommen. Sie einweihen in das, was soeben geschieht. Was mit uns vonstatten geht: Wir werden belauscht. Es handelt sich um den Unbekannten. Das wird Sie interessieren.

Er hat das Private im Blick. Hält sich in unserer Gegenwart auf und macht sich kundig.

Sie werden fragen, weshalb ich Ihnen das zukommen lasse. Die Polizei einbeziehe. Der Grund ist, er weiß Bescheid. Ist umfassend informiert. Vermag über alles Aufschluss zu geben.

Wenn Sie es wünschen, mache ich Sie bekannt. Da Ihre Pensionierung ansteht, kommen Sie ohnehin nicht an ihm vorbei. Es geht um einen unvermeidlichen Kontakt. Um einen dauerhaften obendrein. Auf den Punkt gebracht, um Ihren zukünftigen Begleiter. Das ist so festgelegt. Dem kann man sich nicht entziehen. Es sei denn, Sie verzichten auf das Alter.

Aber das tut niemand. Keiner lässt es sich freiwillig entgehen. Das hat mit dem Natürlichen des Erinnerns zu tun. Dem, weswegen die Erfahrung derart unverzichtbar ist. Sie wissen, wie ich das meine. Sie spüren es schon als Vorzeichen. Als dunklen Hinweis auf das Kommende. Das sagt einem nämlich keiner, dass die Erfüllung sich erst danach einstellt. Nach dem Begraben der Hoffnung. Wenn sie erscheint, jung, kokett, dreist und aus freien Stücken sich einem ergibt.«

»Sich ihm ergibt«, hält der Unbekannte flüsternd entgegen, »doch rauchen Sie«, fügt er an, »französisch Filterlose, das berührt das Innere, bedient das Eingefräste, befriedigt alte Liebeswünsche, wie auch klammheimlich Erdachtes.«

»Lassen Sie das«, zeigt er sich unwillig, »der Kommissar wünscht Fakten, handfestes Material, auch was das Innere betrifft. Und zwar von mir. Sie ignoriert er. Behandelt Sie nach wie vor als Unbekannten. So kommen wir nicht weiter. Es ist an mir, ihm meine Schuld zu bekennen. Dass ich es war, der dem Widersacher das Gesicht zertrümmerte, kein Mitleid spüre und es jederzeit wieder täte. In welchem Auftrag der Beamte dabei handelt, spielt keine Rolle. Das ist nun einmal so. Es geht nie wirklich um Leid, immer um Gesichtsverlust.«

Der dunkelblaue Mercedes fährt vor. Die getönten Scheiben verhindern das Ausmachen von Insassen. Erst mit dem Öffnen der Wagentüre tritt sie in Erscheinung. Etwas fahrig. Ungelenk sich aufrichtend. Unter Vermeidung von Abschiedsgesten. Ihr Haar ist hochgesteckt. Die Augenlider blinzeln.

Sie nähert sich der Sitzbank. Streift mit der Sohle den Teerbelag. Strauchelt. Nickt dem Beamten zu, dann dem Unbekannten, geht zwischen beiden hindurch und setzt sich neben ihn auf die Bank. Die Limousine entfernt sich.

»Da die Begrüßung der jungen Dame ebenso Ihnen galt«, wendet sich der Polizist an den Unbekannten, »will auch ich Sie nicht länger ignorieren. Unterstelle allerdings, dass Sie verstrickt sind. In gewisser Weise eingeweiht und damit für die Ermittlungsbehörde von Bedeutung. Wenn es Ihnen nichts ausmacht, werde ich Sie ein Stück begleiten. Das liegt durchaus in aller Sinne. Sie wird ihm vom Ferienhaus berichten und er ihr begierig lauschen. Insofern benötigen sie uns nicht.

Ich kann Ihnen indessen nicht versprechen, dass unser gemeinsamer Weg bis zum Schauplatz des Widerstands führt. Sie erinnern sich, das Schwabentor. Sicher jedoch eine größere Wegstrecke in diese Richtung. Naturgemäß hat man dort sämtliche Hinweise auf Barrikaden getilgt. Eventuellen Ressentiments vorgebeugt. Man weiß um solche, die dafür anfällig sind. Sich längst vergangener Geschehnisse bedienen.

Dennoch sind Überreste von Rauchgeruch nicht auszuschließen. Aber Sie kennen sich in diesen Dingen aus. Ich brauche mich diesbezüglich nicht weiter auszulassen. Der Geschmack von Gewalt ist selbst dem Friedfertigen nicht fremd. Eigentlich ist man fortwährend am Löschen, als läge es in der Natur der Sache, beziehungsweise an unserer Art des in der Welt Seins, wie ich meine.

Übrigens, ich liebe Ihren zügigen Schritt. Ich gehe gern an Ihrer Seite. Man hat das Gefühl, man ziele direkt auf etwas hin. Auf einen Punkt oder den Halt der Haltung. Das ist ganz nach meinem Geschmack. Ich werde mich Ihnen anfreunden. Machen Sie sich darauf gefasst. Unsereins kann schon die Tage zählen, bis man die Seite wechselt. Die Fahne hoch, ich sehe sie schon wehen. Sie wissen, die Pension. Aber noch ist es nicht so weit. Noch geht es Ihrem Banknachbarn an den Kragen. Gewalt, mein Lieber, gegen die Obrigkeit. Wir heben ihm die Diele aus. Den Plunder des Gerechten.

In dieser Absicht wende ich mich an Sie. Auch wenn Sie ihm vermeintlich unbekannt sind. Ersuche Ihre Hilfe. Ihr Anteil, das ist verlässlich, wird Ihnen zukommen. Auch, wenn ich schon befreundet bin. Dafür gibt es Lösungen.

Wissen Sie eigentlich, mit wem es der polizeiliche Apparat hauptsächlich zu tun hat? Mit solchen, die glauben, sie besäßen neben dem Recht zu wählen auch das, die Ressourcen zu verteilen. Stellen Sie sich das einmal vor. Denken Sie sich das mal aus, eine Ordnungspolizei würde von denen finanziert, die nur das Nötigste haben. Das kann nicht sein. Da fällt nichts ab. Der Tisch wird krumenfrei verlassen. Armut hinterlässt nichts. Schon gar nicht Ordnung. Geschweige denn Versorgung.

Ohne Überfluss, glauben Sie mir, läuft nichts. Erst wenn die Höhe des Gewinnes vernachlässigbare Anteile abwirft, wird er sozial. Wird aus Überwachung Recht. Aus Unterwerfung Freiheit. Aus Vorgabe Bildung.

Auf das Übrige kommt es an. Glauben Sie einem verantwortungsvollen Beamten. Denken Sie an den Hochfrequenzhandel. Milliarden sind dort relativ, eingefasst vom Terrain, in dem sich die Banken tummeln.

Ließen diese mehr als einen Rest, nähme die Vernachlässigung überhand. Die Pflicht würde verwässert und die Sauberkeit wäre dahin. Oder sind wir vielleicht Ratten? Nicht Beamte? Arbeiter? Angestellte? Pensionäre? Die auf sich halten? Hände waschen? Pflegen? Womöglich beten? Möge der Reiche den Armen tragen, sonst geriete man ins Uferlose.

Aber Sie wissen das alles. Sind davon in Kenntnis gesetzt. Vollziehen es geradezu. Bringen es auf den Punkt. Im Voraus ist es ohnehin nicht einsehbar. Aus dem Gegenwärtigen heraus. Dem latenten Widerstreit. Dem permanenten Aufbegehren. Erst das Erinnern sorgt für Fluss. Darauf darf man sich freuen. Das ist wie später Lohn. Befreiender Rückblick.

Wie will man denn auch vorher lieben? Sagen Sie mir das, wo wir doch beide, sowohl Sie, als sein Banknachbar als auch ich, der ermittelnde Beamte, davon ausgehen, dass er diesbezüglich die junge Dame ins Spiel brachte. Das Medium sozusagen. Äußerst weitsichtig.

Wozu jedoch von Ihrer Seite die Schläger? Was zwingt Sie, sich seine Scheingestalten anzuhängen? Das eigene Konterfei von diesen abfackeln zu lassen? Womit sind Sie nicht im Reinen? Wo ist der Haken? Den Großteil meiner Dienstjahre entlarvte ich die Falschen. Jetzt will ich den Rebellen.«

»Sie fragen zurecht«, lenkt der Unbekannte ein, » im Alter sind die Weichen gestellt. Liebe und Gewalt sind zur Verständigung gezwungen. Man fände sonst keinen Frieden. Würde weiter unerbittlich nach Schuld suchen, in deren Wesen es bekanntlich liegt, stets einen Handlanger zu finden.

Insofern liegt es an mir, beides einander näher zu bringen. Darin sehe ich in der Tat meine Pflicht. Also gedulden Sie sich. Man wird zu Ergebnissen kommen. Bis es soweit ist, rauchen Sie. Beruhigen Sie es, das unversöhnliche Magengewächs, das gnadenlos wuchert, bekommt es kein Gift. Die Französischen, ich garantiere Ihnen, sie wirken direkt. Ermöglichen den unmittelbaren Kontakt. Durchaus orgiastisch. Und auf dem Höhepunkt erklingt Musik. Sie wissen, Chansons, *Annabelle*. Schluss mit dem Bedauern.

Doch eine Frage noch. Weshalb interessieren Sie sich nicht für den Fahrer der dunkelblauen Limousine? Für dessen wahres Gesicht? Opfer setzen doch Täter voraus. Davon muss man einfach ausgehen. Würden Sie dahingehend tätig, käme dies zweifellos Ihren Ermittlungen zugute. Im Übrigen verfolgt er uns. Wenden Sie sich nicht um. Der Besagte ist hinter uns. Ich höre Wagner, Walküre und jetzt ihn auch rufen:«

»Entschuldigen Sie, dass ich Sie aus dem fahrenden Wagen anspreche. Sofern Sie jedoch das gemächliche Tempo beibehalten, erscheint es mir möglich, Sie auch ohne anzuhalten in Kenntnis zu setzen. Jedenfalls ist es unerlässlich, der gegenwärtig auf der Sitzbank stattfindenden Unterhaltung etwas entgegen zu stellen. Was sich im Ferienhaus zwischen ihr und mir zutrug, erfährt darin keine faire Behandlung.

Außerdem muss man sich fragen, ob er in seinem Alter ihrer jugendlichen Fantasie gewachsen ist. Setzt nämlich eine Wirkung erst einmal ein, ist dieser kaum mehr beizukommen.

Im Übrigen, ziehen Sie das in Betracht, habe ich ihr schon während unserer Fahrt zum Ferienhaus reinen Wein eingeschenkt. Man benötigt etwa drei Stunden. Also ausreichend Zeit, mit den dortigen Gegebenheiten bekannt zu machen.

Ich griff dabei durchaus auch auf beispielhafte Gegebenheiten zurück. Solche erleichtern den Zugang und ermöglichen es, sich besser mit der Angelegenheit zu identifizieren, beziehungsweise auch das Eigene mit in Betracht zu ziehen.

Dazu war sie denn auch bereit. Insbesondere nachdem ich ihr von dem Vorfall mit der jungen Frau berichtete, der ich im Verlauf einer Tagung begegnete. Allerdings, so musste ich zugestehen, nicht das erste Mal.

Deren Minenspiel jedenfalls, im Zuge eines sich damals ergebenden Blickkontakts, habe sogleich auf Ablehnung hingedeutet. Als hätten frühere Begegnungen schon Vorbehalte hinterlassen. Solchen, gab ich meiner Beifahrerin weiter zu, habe die Betreffende dann auch, kaum in meiner Nähe, durch den Hinweis Ausdruck verliehen, ich hätte mich ihr unlängst unsittlich genähert. Äußerst aufdringlich sei ich gewesen und ohne jeden Bedacht auf Einvernehmen. Lediglich rabiater Gegenwehr hätte sie es verdankt, sich meines Zugriffs erwehren zu können. Umso unangenehmer wäre sie von dem Vorgang übermannt worden, als sie zuvor keinerlei diesbezügliche Erfahrung gesammelt habe, geschweige denn mit Gewalt einhergehender.

Und tatsächlich, das muss ich auch Ihnen, dem ermittelnden Beamten und Ihrem Begleiter, zugestehen, schien diese besagte Tagungsteilnehmerin kurz davor, mich eines gewissen Ekels schuldig zu sprechen, der sie seither befiele. Insbesondere die ihr entweichenden Grimassierungen deuteten dies unübersehbar an. Jedenfalls gab sie zum Ausdruck, nach anfänglicher, angeblich von Scham geprägter Verunsicherung sich dazu entschlossen zu haben, im Falle meiner Identifizierung unverzüglich Anzeige zu erstatten.

Dieser Umstand, triumphierte sie dann auch, sei nunmehr eingetreten. Da es sich um eine geschlossene Veranstaltung handle, sehe sie kein Hindernis, meines Namens habhaft zu werden und entsprechende Schritte einzuleiten.

Infolge dieser Ankündigung schien sich der ihr ins Gesicht geschriebene Abscheu noch zu verstärken. Selbst ein handgreiflicher Ausbruch war nicht mehr auszuschließen, sodass dass ich mich umgehend veranlasst sah, beruhigende Worte auszusprechen und meine Hand auf die ihre zu legen.

Diese Maßnahme milderte ihre Reaktion in einen Schwall theoretischer Abhandlungen über die fatalen Konsequenzen derart unsensiblen Vorgehens, sowie in die Bereitschaft zur Offenlegung ihrer Auffassung vom Wesen einer verantwortlich vollzogenen Annäherung: als eine vom Weitblick getragene nämlich, des Männlichen gegenüber dem Weiblichen.

Ihre unverkennbare Ambition, wahllos umstehende Tagungsteilnehmer in diesen Diskurs mit einzubeziehen, unterband ich mit der Einladung zu einem kleinen Spaziergang. Da sie einverstanden war, und ich ihr den Arm um die Schulter legen durfte, besänftigte sich ihre Verachtung bei frischer Luft und partieller Körpernähe zugunsten einer von heftigen Atemzügen begleiteten Klage, der genannten Gründe wegen seinerzeit gezwungen gewesen zu sein, die Gelegenheit als verpasst zu bewerten.

Das nachträgliche Bedauern hielt an, bis ich den Einfall hatte, das Ferienhaus zu erwähnen und es ihr entsprechend schmackhaft zu machen. Dieses Angebot schien sie endgültig zu ermutigen, sich einem Kuss zu ergeben, der später, in der erwähnten Unterkunft, in vielfältigen, für sie, wie sie versprach, vollständig unvertrauten Berührungen seine Fortsetzung fand und dies, in Anbetracht der dort zur Verfügung stehenden Vorrichtungen, unter bekömmlichsten Bedingungen.

Meine mir interessiert zuhörende Beifahrerin schien indessen, gelassen wie sie wirkte, zum Schluss gekommen zu sein, aufgrund des bedeutend geringeren Ausmaßes des ihr zur Vergabe Verbliebenen dem Anstehenden mit Ruhe ins Auge blicken zu können.

Doch bemerken Sie es, mein Wagen ist zum Stehen gekommen und damit auch Sie. Sie haben sich, wie es einem Beamten gebührt, unmerklich angepasst, dabei aber Ihren vermeintlich unbekannten Begleiter verloren. Er hielt konstant seinen Schritt. Überhaupt besitzt er etwas Stetes. Das ist Ihnen sicher auch aufgefallen, während Sie so neben ihm gingen eine ganze Weile schon.

Nun ist er also enteilt. Wahrscheinlich um einer Gewissheit willen. Man könnte auch mutmaßen, eines Widerstreben wegen. Als weigere er sich, Alltägliches anzuerkennen, beziehungsweise befände das Aufmucken als zu gering, sofern es sich letztlich doch beuge.

Aber es kommt gelegen. Ich benötige Sie allein. Steigen Sie ein. Ich fahre Sie zur Sitzbank. Was dort zwischen Jung und Alt über das Ferienhaus besprochen wird, bedarf der Korrektur. Dafür sind Sie der rechte Mann, verbeamtet und käuflich zugleich. Damit fahren wir beide gut.

Gäbe es dennoch Grund für Sie zur Klage, würde man dies zurechtrücken. Doch handelt es sich dabei zumeist nur um Eifer, der sich legt und alsbald den Freuden weicht. Sehen Sie, wir sind schon da. Ich werde die beiden aus ihrer Beschaulichkeit reißen müssen:

Könntet ihr euer Bankgeflüster für einen Moment unterbrechen? Ich bringe den Beamten mit. Mir scheint, euch blieb genügend Zeit zu plaudern. So reichlich Stoff das Ferienhaus auch liefert, unerschöpflich ist er nicht. Nun pocht das Amt auf sein Recht. Beansprucht seine Form. Das Protokoll, das die Details erfragt. Die Lücken im Verlauf des Akts. Das Zwischen sozusagen oder, so man will, den Lustdekor als solchen.

Ich wäre nicht verwundert, käme das Verhör zum Stocken. Würden sich Tatsachen verweigern. Doch früher oder später muss man sich stellen. Bekommt das Unvermeidliche sein Recht. Nun böte sich die Gelegenheit. Ich trete gern zur Seite, lasse euch bewusst mit dem Beamten allein, sofern nur endlich Schleier fallen.«

Der Polizist verlässt das Fahrzeug. Verabschiedet sich nur flüchtig. Geht einige Schritte auf das ungleiche Paar auf der Bank zu, wendet sich dann aber ab und schlägt eine andere Richtung ein.

Irritiert sieht sie erst ihren Zuhörer an, springt dann von der Bank auf und folgt dem Beamten:

»Ich erwarte, dass Sie Ihrer Pflicht nachkommen und protokollieren. Nicht einfach weitergehen. Dennoch muss ich Sie warnen. Als ich soeben meinen Banknachbarn über das Zugetragene unterrichtete, reagierte er bedenklich. Offenbar sind die Gepflogenheiten des Ferienhauses dem Alter unzuträglich. Insbesondere im Falle fehlender Einbeziehung. Ich meine, im vermeintlichen Gefühl des Ausgeschlossenseins.

Mein Gesprächspartner jedenfalls schien heftig befallen, auch wenn er sich beherrschte. Sich sichtlich beschied. Es irgendwie zu ertragen, beziehungsweise sich mit Erinnerungen an seinen Getränkehandel schadlos zu halten versuchte.

In Ihrem Fall, so wenig Sie mir bekannt sind, ist die Tragweite jedoch nicht abzuschätzen. Es wäre hilfreich, Sie würden mir vorab Einblicke in Ihr Innenleben gewähren. Vornehmlich Triebsteuerung betreffende. Sie verstehen, die Kontrolle aufkommender Begierde. Da die Kenntnisnahme des Zugetragenen offenbar Attacken auslöst, gewinnt die Belastungsfähigkeit an Bedeutung. Man kann nicht einfach ein Protokoll erstellen, unbeachtet der

Wirkung des darin Geäußerten. Die Worte tragen nun einmal auf. Dringen durchaus ein und öffnen Schleusen.

Bedenken Sie also die Folgen. Was sollten wir auch mit Ihnen anstellen, mein Banknachbar und ich, wenn Sie, ein Polizist, zu toben begännen. Übergriffig würden, an mir, gegebenenfalls uns beiden oder sich selbst, nur weil für Sie die Details nicht fassbar sind. Nicht genügend einzuordnen.

Aber was ist von Ihnen zu erwarten, wenn schon er derart besorgniserregend reagiert, trotz seines Beherrschten, äußerst Gefassten, sich gänzlich Zurücknehmenden? Oder wollten Sie sich etwa mit ihm messen? Erfahrungsfülle in den Ring werfen? Was glauben Sie, was jemand erlebt, im Krieg, wie er, wenn alles freigegeben ist, Völker, Sippen, Rassen, Männer, Frauen, Mädchen, Knaben, Kinder. Meinen Sie vielleicht, das wissen wir nicht? Wir Jungen? Was sich zuträgt, wenn die Opfer im Nachhinein sowieso getötet werden? Es überhaupt nicht darauf ankommt? Es geradezu egal ist? Und alle Beteiligten einem normalen Beruf nachgehen? Diese wie jene. Jede Art von Beruf. Keinen ausgenommen. Bis es gar nicht mehr um die Lust geht, Gier, Mord, sondern ums Ausradieren. Ausmerzen. Auslöschen. Ums Verblinden der Spiegel. Wollen Sie das festhalten? Ich diktiere. Bleiben Sie endlich stehen. Protokollieren Sie. Laufen sie nicht fort. Das sind keine Geschichten, allenfalls Geschichte. Gleichwohl Berufe.«

Nun erhebt auch er sich von der Bank. Etwas mühevoll. Spürt die Gelenke. Die Beine. Beobachtet, wie sie dem Beamten nachblickt, der gestikulierend enteilt, die Straße überquert, einen Wagen anhält, aus dem umgehend Uniformierte herausspringen, in den Hof seines Elternhauses eindringen, Waffen entsichern, die Treppe, die Wohnung, Stöße, Befehle. Schnell, nicht einmal das Nötigste, einsteigen, ungeordnet, schlecht, geordnet, gut!

Ja, denkt er, die Familie unter uns, ein Stock tiefer, jüdisch, fünfköpfig, seit er nur denken konnte. Dann war sie plötzlich verschwunden. Stolpersteine.

Sie habe es kommen sehen, hatte die Mutter gesagt, fast so, als meine sie, uns könne das nicht passieren. Man beruhigt sein dürfe. Kein Angst haben bräuchte. Das hätte System. Sei nicht von ungefähr, dass man verschieden ist, Gott sei Dank, die und wir, das müsse man verstehen, annehmen, wenn es einem gesagt wird, von welchen, die Gutes im Auge haben, das Volk im Sinn haben, in ihrer schwarzen Uniform, da und dort hilfreich sind, unterstützend, gegenüber den Familien mit Kindern, sofern wir dazugehören, was ohnehin das Blut bestimmt und keineswegs die Haltung.

»Übrigens«, bricht sie zur Bank zurückgekehrt in seine Erinnerung ein, »was ich Ihnen noch nicht erzählte, der Vater meines Freundes hat Sie erwähnt. Dreimal, während meines Aufenthaltes im Ferienhaus. In eigentlich ungeeigneten Situationen, als sich seine Jugendliebe im Raum befand.

Einmal versuchte er Sie sogar lächerlich zu machen. Sie und Ihre Sitzbank, das Schwimmbad, die Litfaßsäule, die Blickwinkel, der Turm, das Elternhaus. Das sei doch beschränkt. In solcher Einschränkung könne man doch nicht leben. Könne sich nicht für alle Zeiten auf den Getränkehandel berufen. Mit einem solchen sich rechtfertigen. Das reiche doch für kein Resümee.

Zustimmung seiner Jugendliebe erkannte ich nicht. Sie wirkte gänzlich ungerührt mit ihren schweren Tränensäcken, dem grauen, dünnen Haar und der aufrecht strengen Haltung, als stütze sie ein selbstauferlegter Stock.

Doch davon nahm er keine Notiz. Er liebkoste mich, als gehe er davon aus, sie nähme keinen Anstoß daran, und gebot ihr, entsprechende Vorkehrungen bezüglich der Apparatur zu treffen. Hernach spielte er seine Rolle wie ein Stier. Ja, es ist die ungeheure Stärke, mit der er einen umfängt, so, als entspränge die Spannkraft der Geräte uneingeschränkt der seinen.

Nur während einer der Gelegenheiten, bei denen er Sie erwähnte, reagierte sie mit kaum sichtbarem Unwillen. Er nannte Sie einen Leichenschänder, der über längst vergangene Schlachtfelder streift und das von den Toten zurückgelassene Grauen sammelt. Äußerungen, die mit den zwischen ihm und mir währenddessen ausgetauschten Zärtlichkeiten in keinster Weise in Einklang standen. Er strich mit der einen Hand über mein Haar und schob den Mittelfinger der anderen behutsam in meinen Mund. Weißt du, sagte er, manchmal genügt das Ursprüngliche. Ich meine, die kindliche Befriedigung. Nur ist es nicht der eigene Finger. Und schon setzt sich eine Tendenz in Gang, die unweigerlich mit Apparaten endet.

Im Grunde, schloss er, ist alles Begegnung. Im weitesten Sinne auch Krieg. Doch ihn behelligt man nur, wenn man sonst nichts hat, beziehungsweise das Letzte verlor. Womöglich das Einzige.

Ich beobachtete aufmerksam, ob sie sich dieses Mal auflehnt. Obwohl seine Hand mein Blickfeld einschränkte, glaubte ich zumindest ihren Versuch zu erkennen, näher heranzutreten. Als wünschte sie seine Worte besser aufzunehmen. Das war sonst nie der Fall. Sie schwieg nach außen und innen. Nahm nie sichtbar Anteil, außer bei Anweisungen, die sie stets befolgte.

Ob sie ihn in diesem Augenblick verstand, war ich mir nicht sicher. Zunächst auch nicht, ob es Stolz war, der dies verhinderte. Doch mit einem Mal meinte ich einen solchen zu erkennen. Vielleicht, weil sie näher kam, unseren engeren Umkreis betrat oder aber ihn tatsächlich verstand.

Jedenfalls dürfen Sie davon ausgehen, dass er sich mit Ihnen beschäftigt. Eigentlich über das hinaus, was ich ihm von Ihnen erzählte. Ich meine, über das hinaus, dass Sie seinen Sohn zu retten versuchten. So, dass man sich schon wundern muss. Besonders bei der dritten Gelegenheit, mit der er Sie erwähnte: Seine Jugendliebe war gerade im Begriff, mich in eine mir noch unbekannte Apparatur einzuweisen, ein Laufband genauer gesagt, auf das man männliche, sich regende Genitalien projizierte und es von meiner Gehgeschwindigkeit abhing, ob Film und Schritt ineinandergreifen, als er Sie aus heiterem Himmel einen Schläger nannte. Doch das kann selbst ich beurteilen. Sie und ein Schläger.

Sie kennen meine Kontakte. So einer, wie Sie. Sie lassen nun wirklich alles auf sich zukommen. Preschen niemals vor. Da ist keine Handgreiflichkeit zu spüren.

Er jedoch beschrieb Sie, als würden Sie keine Gnade kennen, erbarmungslos vorgehen und niemals Schonung gewähren. Allerdings äußerte er sich dabei in einer Art, als gehe es um ihn selbst, seine Geschäfte oder das Beschirmen der Familie.

Sein Gesicht, ich meine die Verstellung, schien dabei aus der Fassung zu geraten. In eine Art schreckhaftes Erstaunen, so, als stoße ein durch ihn Gehörnter ihm das Horn in den Bauch.

Seltsam, wie einem manchmal solche Bilder kommen. Das muss an der Art liegen, wie Sie hören, Sie mir zuhören, irgendwie zugehören in Ihrem Alter, in welchem, mit Blick auf das meine, dergleichen nicht üblich ist. Das Alter des Vaters meines Freundes ist damit nicht zu vergleichen. Es orientiert sich ausschließlich am Bedarf.«

Sein Blick bleibt ungeachtet ihrer Worte an seinem Elternhaus haften. An der Erinnerung, wie sich seine Mutter mit der Nachbarin von unterhalb unterhielt. Vor deren Wohnungstüre, einen Stock tiefer. Die Kinder tobten im Treppenhaus. Ihre Großmutter war bettlägrig. Man hörte sie rufen, falls das Gespräch dauerte. Deren Vater kam von der Arbeit, umarmte seine Ehefrau und verschwand mit ihr in der Wohnung.

Es lag Neid in der Luft, oben, einen Stock darüber, wo der Vater ausblieb, und er auf der Balustrade gegen die Österreicher ritt. Er war älter als die Kinder von unten. Schon in den Krieg gezogen. Schwang sein Schwert. Die in Holz geschmirgelte Gerechtigkeit.

In die Partei sei sein Vater nie eingetreten. Das versicherte dieser ihm mit Stolz. Aber es gab keinen Stolz, sagt er sich. Keinen davor und keinen danach. Er versteht heute noch nicht, wie der Vater das gemeint haben konnte. Auch nicht, warum er sich für die Wohnung darunter interessierte, als sie frei wurde und die vornehmen Möbel günstig zu haben waren. Aber vielleicht wollte er einfach nur wechseln. Wenigstens die Wohnung wechseln.

Etliche davon sind damals frei geworden. Ein bisschen wie Überfluss. Offenbar mochte er daran teilhaben. Um die eigene hätte er so sehr kämpfen müssen, und die unten zogen einfach ein. Obwohl sie Juden waren. Das sage überhaupt nichts, betonte der Vater, aber wenn er selbst doch so darum hätte ringen müssen und später so viele leer gestanden wären, mit gutem Inventar, das niemandem gehörte.

Das sei, rechtfertigte er sich, wie wenn es schwer war und nun leichter würde und manche daran Teil hätten und andere nicht. Dass wir sie nicht bekommen hätten, zeige ja auch, dass alle so dachten. Man könne eben nur so denken, wenn entsprechend Platz sei. Und das wisse man vorher nicht. Das sei ja nicht geplant von denen, die danach einziehen. Sie wären ja zunächst Nachbarn gewesen. Sie unten, wir oben. Da hätte sich noch keinerlei Unterschied aufgetan. Der sei erst mit dem Leerstand entstanden und das hätte man so nicht lassen können. Das wäre hochwertige Wohnfläche mit entsprechend vornehmer Möblierung gewesen. Man musste etwas tun.

Nur im Fall der Hinrichtung des Polen erschien ihm sein Vater skeptisch. Das sei ja Liebe gewesen. Und selbst, wenn es gewagt war, als Hiesige mit einem Zwangsarbeiter, hätte man ihn nicht durch die Straßen treiben dürfen, vor den anderen Polen her, bevor man ihn aufhing. Das sei doch kein Lüstling gewesen. Vielmehr wäre man allgemein von Liebe ausgegangen, weshalb der Pfarrer auch öffentlich Klartext geredet hätte: Die Polen seien gläubige Christen und eine kirchliche Trauung wäre angestanden.

Der Gauleiter heiratete nationalsozialistisch. Das galt als gottlos, nicht hingegen die Liebe zu einem Fremden.

Aber sein Vater blieb sich unsicher. Vor allem, nachdem der Pfarrer ins Lager kam. Vielleicht habe er doch Dreck am Stecken gehabt, argwöhnte er. Man wisse nie, und ob Kinder im Spiel waren. Du wirst mir kein Ministrant, stellte er unmissverständlich fest und nahm jenen auf der Gewissheit beruhenden Ausdruck an, das Böse immer schon vorauszusehen.

So ganz für nichts, widersprach er denn auch, als später des Engagements des Geistlichen mit einem Gedenkstein gedacht wurde, macht keiner was, wenn er nichts zu verstecken hat. Vielleicht Juden. Und deren Wohnungen solle man frei halten? Das passe nicht. Als seien es zwei Sorten, von denen die einen arbeiten oder kämpfen und andere sich verstecken. Soldatendenkmal, ja. Arbeiterbewegung, auch. Rücksicht auf Untergetauchte, nein. Wenn eine Wohnung frei werde, müsse man davon ausgehen können, dass ihr Besitzer nicht einfach zurückkehre, als wäre Leerstand normal. Das habe auch mit dem Fortgang der Dinge zu tun. Wenn zum Beispiel Schuldner zu Gläubigern werden.

»Dass Sie Ihre Erinnerungen meinem Bericht über die Erlebnisse im Ferienhaus vorziehen«, beklagt sie, »muss ich hinnehmen. Doch sollten Sie wenigstens seiner dort lebenden Jugendliebe ein Augenmerk schenken. Immerhin erwähnte sie das Freibad. Das will nichts heißen, doch fragte sie mich, ob die davor befindliche Litfaßsäule plakatiert sei. Ob sich jemand in ihrer Nähe aufhielte oder gelegentlich dort verweile. Sozusagen warte, aber nicht im Sinne, dass jemand käme, sondern eher nicht.

Sie saß an meiner Seite, während sie mir diese Fragen stellte, in den Mittagsstunden, in denen er telefonierte, das heißt, vom Ferienhaus aus seinen Geschäften nachging.

Ob ich Brause wünschte oder erzählen möge, erkundigte sie sich, es gäbe ja sicherlich noch heute Schläger. Offensichtlich gibt es sie zu allen Zeiten, antwortete ich und sah sie verständnisvoll an. Sie ist übrigens in Ihrem Alter, fügt sie an und fährt fort, waren Sie denn damals ein Schläger? Wendeten Sie Gewalt an? Das frage ich Sie bezogen auf damals, obwohl die Fragen, die mir seine Jugendliebe im Ferienhaus stellte, das Jetzt betrafen. Es hängt irgendwie zusammen, was sie mich fragte und ich nun Sie. Am besten Sie erheben sich von der Bank, gehen die wenigen Schritte zur Litfaßsäule, durchstreifen die zulässigen Blickwinkel, vermeiden die Sicht auf das Fenster, wenden sich Ihrer elterlichen Wohnung zu, der Haustüre, in der sie erscheint, den Schlägern winkt, mit einer roten Fahne, während ein Mann mit einem Gewehr hinzutritt, ihr den Kolben über den Kopf schlägt, sie auf einen Wagen wirft, durch die Stirn schießt und in den Fluss stößt.

Sie hätte sich niemals an die Apparate gewöhnen können, vertraute mir seine Jugendliebe an. Auch wenn sie diese in Ordnung halte, beziehungsweise deren Wartung veranlasse.

Ich hätte, bestätigte ich ihr, bei der Inanspruchnahme auch keinerlei Mängel entdeckt. Die vorgesehenen Abläufe funktionierten reibungslos, versicherte ich, spürte jedoch, dass es ihr auf etwas anderes ankam. Dass sie wünschte, ich glaube, sie sei nicht ertrunken. Dass sie trotz des Kolbens, trotz des Schusses, trotz der Strömung nicht gestorben sei. Sie lediglich die Apparate nicht hätte abwenden können, das Maschinelle, beziehungsweise das Schicksal, seine Handlangerin zu sein.

Als ich entgegnete, ich könne diesbezüglich nicht an ein Überleben glauben, verwies sie mich auf Sie. Natürlich nicht geradewegs. Solche Zufälle gibt es nicht. Doch sofern Sie sich nun wirklich zur Litfaßsäule begeben, dort etwas verweilen, Ihren Blick schweifen lassen, durchaus als hätten Sie Grund, beginnen die Bilder sich vielleicht zu decken.«

Er verspürt den Drang, von der Bank aufzuspringen, Distanz zwischen sich und ihr zu schaffen, ein für allemal klarzustellen, dass er an den Ereignissen im Ferienhaus nicht interessiert sei, wird jedoch von einst ihm zugetragenen Gräuelfetzen übermannt: – Einen Tag in Granatlöchern. Den Tod vor Augen. Leichen. Eine Granate vergräbt sie, die andere gräbt sie wieder aus. Will man sich einbuddeln, stößt man darauf. –

– Schon wieder sind Tage vergangen. Ich warte noch immer auf Post. Mein Lieber, von ganzem Herzen, gib mir Bescheid. Ich weiß nicht mehr, was ich denken soll. Auf Himmel und Erde, ich habe keine Ruhe mehr und merke es meinem Herzen an, wie es sich grämt, dass du aus dem Krieg nicht schreibst. –

»Aber der Getränkehandel,« widersetzt er sich der inneren Marter, »man kann doch nicht so tun, als hätte es ihn nie gegeben. Schon gar nicht, als gäbe es ihn noch. Da müsste man sich doch Gewalt antun. Respektive, der Bahnhofshalle. Eine Bombe einschmuggeln. Einkaufstaschenmäßig. Mit langen Henkeln über die Schulter gehängt. Ohne Nägel. Unter allen nur denk - baren Umständen, ohne Nägel. Gehe es doch ausschließlich um den Raum. Das einzurichtende Terrain. Erst, wenn er komme, sich den Schaden ansähe, der Shopkiller, der Insolvenzbetreiber, der Abfindungskassierer, könne man eventuell, sofern man sich ausreichend Gedanken machte, politische, ethische, familiäre, persönliche, Skrupel bezogene, auf ihn schießen. Gezielt, wenn man so will, auf das Grundübel, schon damit es sich nicht wiederhole, der Schaden der anderen bei dessen Profit.«

»Gut, dass Sie sich mir gegenüber öffnen«, ermuntert sie ihn, »das kommt dem Fortgang zugute. Selbst wenn der Begriff Schläger Auslegungen zuließe, Scheinheiligkeit jedenfalls nicht. Das würde nur Zweifel aufwerfen. Leben sei nun einmal Gewalt, beteuerte mir der Vater meines Freundes, während er einen für uns geeigneten Apparat einstellte. Sie ließe sich nicht vermeiden. Lediglich in Ansätzen, bei denen es dann auch bliebe. Das müsse man anerkennen. Er brauche nur das eigene Gesicht heranzuziehen. Brachial entstellt. Ein Hergang, den Gewalt vollzog. Das stete Auf und Ab von Stangen, mit eingefrästen Scharfkantzacken, von seitlich oben schräg nach unten. So sei das Leben, schrie er dann unvermittelt auf, betätigte den Startknopf und schob mich entlang meiner Extremitäten diagonal durch die Zweigachseln blattlos einstoßender Buchenstämme.

Es handle sich lediglich um eine Projektion, kommentierte er den Vorgang etwas ruhiger, allerdings einer der Naturgewalt. Man dürfe die Bäume nicht unterschätzen, nur weil sie aufrecht stünden. Es wäre ihm seinerzeit gewesen, als fiele ein Wald, wie endgekrümmte Aststumpfhacken, bevor das Blut stieg, entlang der

Schädelrisse und seinem Gesicht, ein Schoß in den Tagen, mit Buchenholz bestückt.

Ich müsse wissen, fuhr er fort, das Thema Gewalt sei nicht rational abzuhandeln. Damit erfasse man lediglich ihr sichtbares Auftreten. Sie müsse in ihrer Allgegenwärtigkeit erkannt werden. Als solche, wie sie ihm ins Gesicht geschrieben stehe, wobei der Schreiber zweifellos ein Schläger sei. Er kenne ihn, den Geschichtsschreiber, ein wenig reaktionär, den Flugblattschreiber, ein wenig visionär und so fort, und so fort, doch was ich mitnehmen könne, auch wenn ich es nicht verstehe, sei das Bild eines Winterwaldes, dessen Betrachtung kein Blatt vor den Mund nehme.

Als ich ihn nach dem Grund seiner Gesichtsverletzung fragte, verwies er mich auf seine Jugendliebe. Er selbst spräche nicht darüber. Sie hingegen wisse Bescheid und nähme sich zweifellos meiner Fragen an, wo mein Interesse doch durchaus verständlich und ich ja auch mit den Auswirkungen konfrontiert sei. Eine Tatsache, die sich sicherlich für mich nicht leicht darstelle, käme sie doch zum Altersunterschied noch hinzu und dem, dass sein Sohn mein Freund wäre.

Dessen Zustand tue dabei nichts zur Sache, beteuerte er. Es handele sich nun einmal um widrige Umstände, die Fragen unausweichlich machten. Apparate könnten nicht alles ausgleichen, das sei ihm irgendwie klar, und ebenso wenig das Ferienhaus und dessen Lage und die außergewöhnliche Architektur. Nein, er wäre im Gegenteil auf Unstimmigkeiten vorbereitet. Habe mir deshalb schon im Vorfeld versichert, das Anwesen nicht alleine zu bewohnen. Vielmehr mit jemanden, der umfänglich eingeweiht sei. Insbesondere in das, was seine Eigenheiten beträfe, beziehungsweise das Persönliche überhaupt. Niemand könne besser über ihn Auskunft geben als sie, die all die Jahre dort verbrachte. Das käme meinem Interesse an ihm ebenso entgegen wie dem seiner Familie, die den umfassenden Daseinssinn seiner Existenz aus sich heraus gar nicht erfassen könne. Sie decke wirklich nur das Familiäre ab, das heißt, das Allgemeine üblicher

Gemeinschaftszellen. Sein Individuelles greife um vieles tiefer. Er brauche nur seine Fantasie anzuführen, die sich zu keiner Zeit familiär entfaltete, sondern ungebremst als Einzelflug. Ohne Bezug und Grenze.

Doch selbst für den Fall, seine Jugendliebe würde mir nicht antworten, das heißt, meinen Fragen aus dem Weg gehen, habe schon ihre ungebrochene Präsenz, damit meine er ihre nie ins Beliebige vergebene Zuneigung, Aussagekraft genug, an ihm Interessierte umfassend zu instruieren. Zudem könne ich in ihrem Gesicht lesen.«

Dieses Mal gelingt es ihm nicht, sich der Wirkung ihrer Schilderung zu erwehren. Eine seine Gedanken marternde Pein steigt in ihm auf. Dahinter das Gesicht. Der Punkt über dem Frauenmund. Hochsommerlicht. Bronzehaut. Brausegelb. Himbeereis mit Fruchtkernen. Fußberührung. Ein erstaunter Blick zur Seite: – Feuer. Hast du Feuer? Zündet es, erlischt es nicht. Brennt Laufwegen entlang, Rasenspuren, Bachbrücken, Haselbüschen, Zitterpappeln, Metalltischen, Klappstühlen, Kabinengängen, seitwärts, bis zum Beckenrand. Mit dir, mein Lieber, will ich ins Wasser springen, Hand in Hand, planschen, spritzen, tauchen, tanzen, die kleinen Geschwister werfen, schau, wie sie lachen, schreien, kreischen, hoch hinaus, sie wollen hoch hinaus, von dir zu mir, ich fange, wirf, so hoch du kannst, wo sie doch Ellenbogen machen, Ellenbogen zum Untergreifen machen, wirf doch, hoch hinaus, wenn Kinder fliegen, zwischen uns Kinder fliegen, nass, wie aus dem Bauch heraus, flimmernd durch die Sonnenstrahlen, dass man die Augen kneift, die Lider senkt, mit Fingern wischt. Spritzwasser, nicht still halten, immerzu Spritzwasser, Regenbögchen, Wasserhaut, Tropfenlauf, schenkelweit, armehoch, fingerlang, Perlenhaut, sieh doch, Perlenhaut an mir, an dir, komm, lass uns nassnah sein, einander nassnah und nur des Lachens, nur des Lachens halber uns nicht küssen. Ist es Tasten oder Ringen, was wir tun? Tasten oder Ringen, den Schoß im Wasser, die Arme hoch, kreisend für die Hände? Rangeln, Greifen, Fassen, ist das

Glück, sind vier Hände Glück, alle unsere Hände Glück? Würden es die Arme ansonsten tun, während wir lachen, fortwährend lachen? Ringen, Halten, Heben, Drücken, und es ausreicht, wohin sie auch greifen, es ausreicht, da und dort, vollkommen ausreicht, bei derart vielen Plätzen, Armschwungbögen, Spritzwasserkreisen, Abtropfzonen. Und draußen, nicht weit außerhalb, wo die Geschwister liegen, auf heißem Asphalt, zittrig blau, du weißt schon, kennst es schon, die Kleinen, die Lippen, du Großer, jetzt, du Mann. Ich schwärme, balze, reiche dir meine Hand, greife sie, halte sie, mir ist so ernst, zum Lachen und zum Küssen ernst, am Turm, wo lange schon der Wächter brüllt. –

Unversehens drängt es ihn, ihr gealtertes Antlitz in Augenschein zu nehmen. Die Schwere ihrer Augensäcke. Das Ergraute der Haare. Die faltige Haut. Mutmaßt, die Jahre nie derart gespürt zu haben. Den unaufhaltsamen Verlauf. Greift unerbittlich neben sich. Nach der jungen Hand seiner Banknachbarin. Zerrt sie hoch. Fort, über die Straße hinweg. Unter den Bäumen hindurch. Zum Freibad. Den Liegewiesen. Dem Schwimmbecken, an dessen Oberfläche sie treibt. Mit dem Gesicht nach oben. Dem Punkt über dem Frauenmund. Staunend, gleich einer Schlafenden im Wundersamen der Wachtraumwelt. Die Haare ins Kräuseln des schwappenden Wassers geschwemmt. Ein Halbrund, grazil gefaltet, wie bläulich durchscheinende Elfenbein - fächer.

Sie darf nicht sterben, sagt er sich, kein Alter, das solches zugesteht. Die Rettungsstange. Die drei Meter lange Stange mit dem Eisenring. Auf halber Höhe der Kabinenwand. Herausheben. Aus ihrer Halterung heraus balancieren. Drehen. Ins Becken ablassen. Zum treibenden Körper hinüberschieben. Über die Beine streifen. Heranziehen. Anheben. Ablegen. Hinknien. Beugen. Küssen. Dieses gelblich blasse Antlitz küssen. Die vom Alter gefurchten Lippen. – Ich entwich ihm nur für dieses eine Mal. Deines Kusses wegen. Nun muss ich zu ihm zurück. Höre, wie die Geschwister schreien, die Kleinen, so, als ende es nie. – – Es endet wohl. Es endet an den Hängen. Entlang der blutgetränkten Leichenhänge. Das Ende liegt darunter. Man kommt nur schwerlich dran. Muss durch das Tote nach dem Leben schürfen. Den Briefen in den Hosentaschen. Zerknüllte Heimatpost. Wie Liebe unterm Hammer. –

»Erst zerren Sie mich an Orte Ihrer Erinnerung, dann verlieren Sie sich in Ihrem Unheil. Lassen mich völlig außen vor und meiden meinen Bericht vom Ferienhaus. Das ist brüskierend. Raubt das Unvoreingenommene. Schürt Zweifel an Ihrer Lauterkeit. Sie wussten, dass das Schwimmbad um diese Jahreszeit geschlossen ist. Lediglich Vorbereitungsarbeiten im Gange und die Becken nicht mit Wasser gefüllt sind.

Auf die Rettungsstange können Sie sich nicht berufen. Sie berechtigt zu keinerlei Hirngespinsten. Gilt gemeinhin als unbestechlich. Man sagt, sie wurde niemals abgenommen. Ihre Verfügbarkeit hätte zu jeder Zeit ausgereicht.

Aber sehen Sie, der Unbekannte nähert sich. Beabsichtigt, uns ins Bild zu setzen. Das kommt gelegen. Auf ihn ist Verlass. Er weiß auch um das andere. Meidet das Gemisch, hält den Punkt und bietet Halt«:

»Ich kehre soeben vom Schwabentor zurück. Dort zeigt man sich zufrieden. Keinerlei Anzeichen von Gewalt. Es werden Freundlichkeiten ausgetauscht. Die Leute sprechen miteinander. Manche sind dazu übergegangen zu rauchen. Für den Abend ist Musik angesagt. Man möchte singen und tanzen. Sie wissen, was mir das bedeutet. Um Mitternacht will man in Richtung Wiesen ziehen. In Form von Polonaisen. So ist es zumindest angedacht.

Das Freibad wird dafür geöffnet. Die Behörde zeigt sich einsichtig. Als ehemaliges Schlachtfeld will man es den Festlichkeiten nicht vorenthalten.

Für das körperliche Wohl ist gesorgt. Speisen und Getränke. Freiwillige bieten Mithilfe an. Gut möglich, dass Ihre Erfahrung gefragt ist. Hat man doch das Feiern etwas verlernt. Sich zunehmend aufs Geschäftige verlegt. Aufs Tilgen durch immer Neues und sieht sich nun gezwungen, umzudenken, anderen Zeiten entgegenzusehen, gemächlichen, wenn man so will, und diesen nicht entgegenzuwirken, das heißt, Persönlichem allzu viel Raum zu geben oder gar Vorbehalten das Wort zu reden.

So überraschend solche Umschwünge auch eintreten, aufzuhalten sind sie nicht. Derart auftretender Wandel zeigt sich eigenwillig. Geschieht ohne jede Vorankündigung. Liegt nicht in der Luft. Das ist zwar nicht erklärlich, aber unumstößlich. Man muss es beim Staunen belassen.«

»Ich habe mir Ihre Einflussnahme anders vorgestellt«, widersetzt sie sich dem Unbekannten, »so kommt sie ungelegen. Jedenfalls deutlich zu früh. Durchkreuzt sie doch den vorgesehenen Ablauf. Mein Bericht von den Erlebnissen im Ferienhaus ist ebenso wenig abgeschlossen wie seine Phase des Erinnerns. Ganz zu schweigen von den Untersuchungen des Beamten.

Sie sollten den Fortgang als Trauerarbeit verstehen, ohne deren Abschluss das Feiern übereilt erscheint. Schon, dass das Aktuelle erwähnt sein will, nicht aber der Rückblick unterdrückt. Handelt es sich doch um Abläufe, die Ihnen als Unbekanntem überflüssig vorkommen, nicht aber den Betroffenen. Auch der Polizeibeamte wird Sie auf den Tag nach seiner Pensionierung verweisen. Davor sind auch ihm die Hände gebunden.

Verstehen Sie mich nicht falsch, vor allem nicht als friedensfeindlich, aber mein Auftrag ist untrennbar an diese Vorgehensweise gebunden. Wenn Sie so wollen, auch mein Selbstverständnis, bin ich doch jung und er alt.

Aber seien Sie unbesorgt. Als Werbemodell der Tabakbranche sind Sie davon unberührt. Die Reklame bleibt unangetastet. Nicht, dass ihr Konterfei keinen weiteren Schaden nehmen könnte, aber der Litfaßsäulendienst erweist sich als beharrlich. Er beklebt unverdrossen neu.

Falls Sie sich des gelegentlichen, dortigen Urinierens meines Banknachbarn wegen strapaziert fühlen, wenden Sie sich an den Beamten. Ohne dessen Anschuldigungen kommt es erst gar nicht so weit. Dafür hat man Hinweise. Man muss sie beherzigen. Blindlings forcieren macht keinen Sinn, und die wenigen Male, die er wieder zur Zigarette greift, geben keinen Anlass, vorzeitig den Abschluss zu suchen.«

Darüber, wie sie in seinem Beisein über ihn spricht, fühlt er sich beschämt. Er würde sich auch dagegen verwahren, hemmte ihn nicht der Gedanke an die Polonaise und der damit einhergehende Drang, tatsächlich die Litfaßsäule zu beschmutzen. Es womöglich wirklich nicht lassen zu können.

Ob solcher Heftigkeit des Verlangens erlangt ihn die Angst, der Beamte würde den Festzug begleiten, Beobachtungen anstellen und sich anbietende Festnahmen vornehmen.

Irritiert betrachtet er seine, den Unbekannten derart beeinflussende Banknachbarin, dann diesen und schließlich seine eigenen, zum Sitzen gebeugten Beine und fühlt sich, als säße er in einer selbst auferlegten Falle.

»Ich möchte eine Zigarette«, sagt er leise, »wenn jemand von Ihnen so gut wäre, ich meine, mir eine zukommen ließe, für den Fall, Sie besäßen welche. Im übrigen kann man den Beamten rufen. Ich bin zur Aussage bereit.«

»Das haben Sie damit erreicht«, hadert sie mit dem Unbekannten, »er möchte aussagen, bevor ich vollends vom Ferienhaus berichtete. Das kränkt mich. Das Vorgehen des Vaters meines Freundes war ja kein Fingerschlecken. Es war härteste Prüfung. Psychischer Kahlschlag, wenn Sie so wollen. Solches fordert Geduld. Nicht, dass Sie annehmen, es handle sich um Grobschlächtiges. Überwuchernde Körperlichkeit. Nein, um Zärtlichkeit. Zärtlichkeit, die aus einem selbst erwächst, ange - stoßen durch die ihm eigene Art, Genitalien bloßzulegen und der unbeschwert ausfallenden Handhabung ihrer Zugehörigkeit: Einfügen, zurücknehmen, einfügen. Variabel, wie es Apparate ermöglichen. Und mit einem Male schaut man hoch, sieht in die Augen eines Fremden, stockt, mitten in dieses Gefühl hinein, in die Inbrunst zugefügter Lust, meint zu erschrecken, sieht sofort

weg, zurück, nach unten, zur Seite, über die Schalter, Stemm-
schienen und Hebearme hinweg, damit sich nur nichts ändere,
der Eindrang ungestört woge, tief in die vielen Bäuche hinein, die
unendlich sich an Länge vervielfältigenden Bäuche, bis der Blick
sich nochmals hebt zu jenem Fremden hinauf, unwillkürlich,
als sei es Teil des Akts, dem aussagelosen Fremden, der zeitlos
stoischen Mannskulptur, über die sodann eine solche Verzückung
stürzt, von oben über das Haupt hinweg, ins Nichts. Ein Name
wäre schrecklich.«

»Sehen Sie«, ruft der Unbekannte, »er ist nicht mehr aufzuhalten. Der Festzug rückt heran. Nähert sich schon den Bäumen.
Musik, Chansons, kein Zeichen des Bedauerns. Man singt und
tanzt, die Musikanten spielen auf. Da hält mich nichts. Ich muss
entgegen. Mitten ins Getümmel hinein. Dorthin, wo man staunen wird. Sich wundern, wie ich staue.«

»Sie preschen ohne Rücksicht vor«, versucht sie ihn aufzuhalten, »missachten die eigenen Vorgaben, nannten Sie doch Mitternacht als Stunde des Aufbruchs. Noch ist es aber Tag. Solange Sie
die Zeit nicht beachten, wird keine Planung einzuhalten sein. Es
geht um meinen Banknachbarn. Auch wenn er gerade schweigt.
Es macht nun einmal einen Unterschied, ob man der Ereignisse
bei Tageslicht gedenkt oder bei Nacht. Zudem würden die verbleibenden Stunden noch mancherlei Klärung ermöglichen. Bei
derart ineinandergreifenden Vorgängen, meint der Vater meines
Freundes, könne jedes Detail zum Verständnis führen. Einem, das
die Konsequenz ertragen helfe. Es sei eben nicht jedem gegeben,
allein durch Musik, Tanz und Ausgelassenheit Reinigung zu
erfahren. Manchem bliebe der Blick in die Tatsachen nicht
erspart.

Sofern Sie sich also dem Zug anschließen und, wie Sie ankün-
digten, darin aufgehen, tanzen, singen und Töne stauen, als wäre
kein Licht am Fenster, dann bedenken Sie wenigstens die Zeit. Die
Öffnung des Freibads lässt sich nicht unbegrenzt nach vorne ver-
schieben. Damit würde sich das Amt unglaubwürdig machen.

Allein mit dem Geschichtlichen ist der Zugang um diese Jahreszeit nicht zu rechtfertigen.

Doch offensichtlich lechzen Sie geradezu nach dem Außerordentlichen. Möchten es aktiv betreiben. Betrachten den Einschub als Wesen der Feierlichkeit. Als willkommene Unterbrechung des alltäglichen Alterns und ziehen zugleich das zugehörige Resümee. Allerdings unter Ächtung der besten Jahre. Als sei ein Erinnern ohne Abstriche gar nicht möglich. Ohne das Schutzschild des säuberlich hinter sich Gelassenen. Dem sorgsam geschnürten Gesamtpaket, das jeden Einzellaut bewusst erstickt. Doch gepackt muss es sein. Das müssen Sie einräumen. Und solches braucht Zeit. Sammelt man doch gerade erst die Teile.

Was meine Person betrifft, können Sie sich auf mich verlassen. Ich winke ununterbrochen. Es bleibt ihm keine Wahl. Er muss den Turm verlassen, den Berg hinabsteigen und sich bekennen. Trotz des Beschwerlichen. Trotz unbequemer Zeiten. Selbst der Wächter kann es nicht abwenden. Jeder Kuss hat sein Ende.«

Ja, denkt er, das ist es und rückt ihr in einem Anflug von Dankbarkeit näher, doch eher aus Trotz dem Unbekannten gegenüber, der kurz noch vor der Bank ausharrt, ein wenig, als sei er gehemmt, sich dann aber abwendet und dem heranrückenden Zug entgegeneilt, zielstrebig, beinahe wie unverrichteter Dinge.

»Jetzt, wo er sich auf den Weg macht, böte sich Ihnen die Gelegenheit, mir Einzelheiten preiszugeben,« ermuntert sie ihn, »ich würde davon ablassen, vom Ferienhaus zu berichten, und Sie erklärten sich bereit, selbst zu sprechen. Sie wissen, worum es geht und haben zur Kenntnis genommen, dass die Zeit drängt.

Der Vater meines Freundes bezeichnet einen solchen Vorgang als Selbstanzeige. Dabei handle es sich, wie er es auslegt, um ein sich unangreifbar Machen gegenüber der Allgemeinheit. Eine solche Maßnahme wäre unumgänglich, da die Allgemeinheit die einzige Instanz darstelle, die nicht bestechlich sei. Das heißt, keinen Ausweg biete.

Dieser kollektiven Eigenschaft, betonte er, könne man nicht genug Respekt entgegenbringen. Sie sei Folge einer ungeheuerlichen Wandlung. Eines Qualitätssprungs sozusagen, der einem bestimmten betrügerischen Quantum entspringt. Der Zusammenhalt aller auffindbar ehrlichen Menschen würde nicht über eine solche Standhaftigkeit verfügen, wie es die Allgemeinheit tut. Und das, obwohl sie sich vorwiegend aus Heuchlern rekrutiere. Während sich die vermeintlich Unbestechlichen in nachsichtigen Ausflüchten verlören, bliebe die Allgemeinheit gnadenlos.

Er habe das, wie er mir zugab, am eigenen Leib erfahren, als er ein öffentliches Gebäude plante, fachlich nachgewiesenermaßen fehlerfrei, das allerdings nicht zur vorgegebenen Zeit funktionierte, da dies auch nicht in seiner Absicht lag. Hätte er eingeräumt, es darauf abgesehen zu haben, einen Widersacher zu ruinieren, wäre ihm eine gemäß milde Strafe auferlegt worden. So aber galt er vor aller Welt als Versager.

Sie wissen, dass solche undurchsichtigen Anspielungen des Vaters meines Freundes Misstrauen bei mir hervorrufen und ich deshalb beharrlich nachfragte.

Siehst du, erklärte er mir, nachdem ich sämtliche Maßnahmen getroffen habe, damit die Apparate uns beide einander näher bringen, nennt mich die Allgemeinheit eine Bestie. Jeder Einzelne hingegen beneidet mich.

Natürlich, fügte er hinzu, wird das Häuflein der Aufrichtigen auf die Gewalt verweisen. Doch diesbezüglich kannst du dir selbst die Antwort geben, auch wenn ich nach wie vor bestreite, auf deine Einwilligung angewiesen zu sein.«

Diese Darstellung elektrisiert ihn. Er springt von der Bank auf. Postiert sich direkt vor sie.

»Ich bin bereit zu reden. Bitte um entsprechende Aufmerksamkeit. Eine Art Schweigen, Stillschweigen vielleicht oder auch Verschwiegenheit. Das ist Voraussetzung für das Geschehen so mitten in der Nacht, in der wir zu fünft über die Einzäunung stiegen. Man hatte Hinweise, die beiden würden sich im Schwimmbad aufhalten. Auf den Wiesen. Zwischen den Büschen. Es wurde behauptet, nackt. Seit Tagen sprach man darüber, dass sie sich dort aufhielten, nach Einbruch der Dunkelheit und wie bekleidet. Man kenne den Einstieg. Das wäre kein Problem. Jeder könne des nachts dort hinein. Es sei nur nötig, es anzuzetteln. Zu organisieren.

Das erwartete man von mir, und zwar mit Stöcken ausgerüstet. Das Mindeste wären Stöcke oder Stangen, beziehungsweise was man eben besorgen könne.

Rätselhaft, wir in der Nacht, schwer bewaffnet über den Zaun, schleichen wie Soldaten, mit allerhand Gerät entlang der Gräben, Leichen, Heimatgrüße. Wo habe ich das Schwert gelassen? Weshalb trage ich es nicht bei mir? Das glatt geschmirgelte Holz? Wofür hat er es mir geschliffen, mein Vater, gleich nach der Heimkehr aus der Gefangenschaft? Er wusste, es ist immer Erbfolgekrieg. Sollen sie nur lieben, man stößt trotz allem auf den Feind. Fällt, oder bittet, man möge Frau und Kinder grüßen, jetzt, mit dem abgerissenen Bein. Was kann man machen, wenn das nicht mehr werden will. Seltsam, statt dass man weint. Gruß an die Seinen, sofern sie leben. Man weiß ja nie. Ohne Bein. Ohne Blut. Nur Erdlöcher. Ist das der Tod? Das endgültige Aus?

Dort liegen sie. Zwei grau sich windende Körper. Er und sie, kein Zweifel, nackt, als sei das Fenster beleuchtet. Das fordert Tränen, meine, ungelogen meine, und ich halte den Ast. Den Vergeltung fordernden Hakenast.« – Du, mein Liebster, auch wenn dich Zweifel plagen, ich bin bei dir. Meine Geschwister können es bestätigen, sie wissen alles von mir. In der Nacht träume ich, du seist mir nah, mit einem Bein, das macht doch nichts, so frisch gewaschen, alles rein, wenn er mit deiner Stimme spricht, deinen Worten, deiner Liebe. Das ist Krieg, alles auf den Kopf gestellt. Komm, lass uns ruhig schlafen, am Morgen bringt man dir die Krücken. –

»Das sehen Sie durchaus richtig, Herr Richter, es müssen die Krücken gewesen sein, mit denen ich auf ihn einschlug. Die fatale

Konsequenz meiner Verwundung. Solch ein Zusammenhang muss Ihnen als Jurist doch ersichtlich sein. Gleich nach der Heimkehr. Das Los des amputierten Soldaten. Einmal mehr mit der Waffe in der Hand.

Immerhin waren die beiden entkleidet. Auch wenn sie mit mir nicht rechneten. Sie kennen das, wenn der Turm verstellt ist. Sich andere breit machen. Da ist niemandem ein Vorwurf zu machen. Auch der Krieg hat nur beschränkten Einfluss auf die Lust. Vermag lediglich Ängste zu schüren. Doch die Natur bleibt unangetastet. Ob es ein Vater, ein Pole oder der Pfarrer ist, junge Frauen lösen das aus. Auch ohne Mode. In von Schlamm gesteiften Trümmerröcken. Man darf einfach nicht zu früh heimkehren.

Aber was hätte man machen sollen? Die Einbeinigen sind nicht gewollt. Da und dort nicht. Krücken gibt es erst ab Lazarett. Im Schützengraben hüpft man nicht. Da schießt man oder fällt. Und wenn es nach Hause geht, dann immer zu früh. Zumal sich dort Männer herumtreiben. Nicht eingezogene Männer, die sich bei den Frauen aufhalten. In deren Nähe aufhalten. Mit beiden Beinen zwischen den ihren.

Sie wissen, was mir der Getränkehandel bedeutete, und dass ich ihn ausbauen wollte. Sie kennen meine Absichten. Die Bahnhofshalle. Den Schritt aus dem Bisherigen. Eine Art Ausweitung. Ein sich Öffnen. Der Reisewelt. Dem Multikulturellen. Dem Unvoreingenommenen.

Und den kleinen Geschwistern ist auch nichts vorzuwerfen. Sie führten mich, ohne vom Krieg zu wissen, zu den Büschen. Sie ist nun einmal ihre Schwester. Idol und Schutz zugleich. Ich musste ihnen stillschweigend folgen. Durfte sie keinesfalls warnen. Schon gar nicht aufklären, geschweige denn die Schwester denunzieren. Sie hätten sonst den Unterschied erfahren. Dass es nicht egal ist, ob er oder ich. Licht brennt oder nicht. Das durfte man sich nicht anmerken lassen. Höchstens ein paar Worte zu den sich Küssenden. Warum das so wäre. Er und sie und nicht ich. Und ihre Lippen geschwollen seien, wenn man hinzukommt, unerwartet vom Krieg zurückkommt, der überhaupt nicht stattfände, wie ihr Liebhaber entgegenhielt: Von wegen Schanzen, Schlachten, Tote, wenn der Franzose und Österreicher gegenseitig Urlaub mache, die Kameraden gelangweilt am Brückengeländer lehnten und auf das in Bodenritzen eingepferchte Bachwasser starrten.

Hatte ich doch seinerzeit gar nicht damit gerechnet. Eigentlich hatte niemand damit gerechnet. Sie und ich, bei all den Frauentypen, das war nicht vorauszusehen. Erstaunlich genug, wie klar sie sich zu mir bekannte. Nun liegt sie bei dem anderen, und die kleinen Geschwister wissen wo. Ich hatte sie ja danach gefragt.

Nun muss man abwarten. Die Nacht abwarten. Wenn ich tatsächlich zuschlage, tun die anderen es auch. Schon der Freundschaft wegen. Mit Stangen und Rohren. Das sind sich Schläger schuldig. Die bringt man nicht auseinander. Nicht einmal ihr konnte das gelingen. Obwohl sie von allen begehrt wurde. Ihr auch alle folgten, als sie ihren Begleiter zwischen den Büschen zurückließ. Sich trotz dessen prekären Lage von ihm abwendete, seinen Gesichtsverletzungen, dem allgegenwärtigen Blut, dem Verstummen seiner Schmerzensschreie, auf die hintere Wiese entwich, über die Bachbrücke lief, entlang der Hauptwiese, vorbei am Kiosk, hinüber zum Becken, mir in die Arme.« – Weißt du, jetzt wo ich dich fasse, tue ich es. Tue ich es, wie dich vergewaltigen. Selbst wenn du es zulässt, tue ich es, als ließest du es nicht zu, und danach die anderen. Ob du es zulässt oder nicht, bis es vielleicht Morgen wird und man dich treiben sieht mit aufgeschwemmtem Haar, blass, inmitten strähnig aufgefächerter Männerjauche. –

»Das müssten Sie dem Gericht schon genauer schildern, ab dem Zeitpunkt, als sie sich von ihrem Begleiter entfernte. Schläge, gut, aber was dann, nachdem es sich verselbstständigte? Wo sahen Sie die Gefahr für sie, als sie weglief? Und was wollten Sie verhindern, indem Sie ihr folgten, bevor es zu der Vergewaltigung kam? Verstehen Sie, es hat doch jeder Vorgang seine Abfolge.«

»Ich verstehe Ihre Frage nur zu gut. Nicht, dass ich sie zu beantworten wüsste, doch handelte es sich tatsächlich um eine

Art Übergang. Ich beteure das, ohne zu behaupten, sie wäre vor mir hergelaufen und ich ihr entsprechend gefolgt. Zu deutlich konnte ich die Angst spüren. Nur war mir nicht klar, ob es sich um die ihre oder meine handelte. Zweifel, die erst im Zuge der Vergewaltigung verflogen, als diese sich selbst als Angst entpuppte, unabhängig von mir und ihr und den anderen.

Doch können Sie deshalb nicht die Angst verurteilen. Da hat man schon selbst Verantwortung. Es war ja auch immer zugegen, das Ängstliche. Es gab keinen Moment, von dem ich wüsste, es wäre nicht zugegen gewesen. In welcher Form auch immer. Unabhängig davon, ob ich es fühlte oder nicht. Insofern wollte sie es schon. Wusste nur nicht um die Intensität, schlug deshalb ihren Hauseingang vor, in den sie jederzeit zurücktreten konnte und die Türe vor mir schließen. Wenn es einmal geschehen sei, dachte sie vielleicht, wäre das mit den anderen auch kein Problem.

Doch Sie merken, Herr Richter, es oszilliert. Sofern es mir nicht möglich ist, die Angst als selbständiges Phänomen zu betrachten, verwechsle ich die ihre und meine. Ich kann nicht ausschließen, einer zutiefst Erschrockenen nachgeeilt zu sein, in der Nacht, in der man zu Mehreren ihren Liebhaber blutig schlug, und ich mich, getrieben von Eifersuchts- und Rachegelüsten auf nie wieder gutzumachende Weise an ihr verging. Ich bin mir jedoch nicht sicher, ob das ihre Frage beantwortet.«

Dieses Mal ist sie es, die von ihm wegrückt. Beinahe bis zum Bankende.

»Seltsam«, sagt sie endlich, »dass Sie geradewegs von Schuld sprechen und obendrein eine gerichtliche Kulisse wählen. Mich in Ihrem Urteil vollkommen außen vor lassen.

Natürlich bietet es sich an, Last abzuschütteln, solange ich neben Ihnen sitze. Schon deshalb, weil ich mich ausdrücklich zurücknahm und Sie daran erinnerte, dass es an Ihnen sei, sich auszusprechen. Weshalb aber diese Selbstanklage? Man kann doch nicht wie selbstverständlich davon ausgehen, dass die

Geschichte um das Ferienhaus in einem gänzlich anderen Zusammenhang stehe. Es sich nicht vielmehr um ein und dieselbe Angelegenheit handle. Es würde doch keinesfalls verwundern, kehrte die Figur am Fenster Ihres Elternhauses just in dem Augenblick zurück, an dem die von Ihnen geschilderte Vergewaltigung und die Vorgänge im Ferienhaus sich zu decken begännen.

Nicht ohne Grund beschloss mein Freund, die ihm verbliebene Lebensqualität nur noch virtuell zu pflegen, auf eine existierende Lebenspartnerin zu verzichten, die ihm elektronisch Zugewiesene mit unzählig weiteren Systemteilnehmern zu teilen und mich auf die körperliche Repräsentation zu reduzieren. Was mir blieb, findet sich in der Erscheinung am Fenster wieder. Vom Fleischlichen befreit, widme ich mich dem Eigentlichen, das heißt dem Entlarven vermeintlicher Liebe als bloße Erinnerung oder deren Stutzen auf das Unersättliche.

Falls es Ihnen Mühe bereitet, meinem Gedankengang zu folgen, mag das an der Lautstärke des sich nähernden Festzuges liegen. Man öffnet gerade die Schwimmbadpforte und hält somit Wort. Selbst der Vater meines Freundes zeigt sich engagiert. Er meint, Krieg beträfe nun einmal alle, sowohl Soldaten als auch Geschäftsleute. Wo es Opfer gebe, gebe es auch Gewinner.

Doch sehe ich Ihnen Ihre Verwunderung an. Sie wussten nicht, dass es sich bei dem Festkonvoi um Getränkewagen handelt. Dass dem so ist, muss Sie erstaunen. Aber mit dem Erreichen des Freibades wird der Aufmarsch sein Ziel erreichen und Ihnen der Hintergrund ersichtlich.

Ihr Argwohn beruht, durchaus nachvollziehbar, auf der in Bewegung geratenen Vergangenheit, wo Sie sich mit dem Erinnern doch im Unabänderlichen glaubten. In, wenn man so will, unangreifbar privaten Gefilden. Aber es ist wahr, man befördert tatsächlich Brause. Es muss sich um das von Ihnen befürchtete Aufleben handeln. Das trifft Sie im Innersten.

Aber was haben Sie sich denn gedacht? Wer bringt sich schon in bloßes Erinnern ein. Ins reine Gedankenfließen. Wenn schon, dann sollte es handfest sein, greifbar, angreifbar, verwundbar, veränderbar.

Falls Sie nun vorbringen, das sei Ihnen nicht zuzumuten, erwähne ich die Haustüre. Wenn auch nur beiläufig. Sie konnten ja nicht wissen, dass das Zurückweichen als Aufforderung galt. Natürlich sollten Sie ihr folgen. In den Hauseingang hinein. Entgegen der Abmachung, das räume ich ein, doch so etwas gibt es. Will recht verstanden sein. Sonst steht man da, mit dieser unbekannten Lust. Direkt hinter der Türe und davor wendet sich einer ab. So als handle er trefflich.

Merken Sie etwas? Spüren Sie die Wende? Das sich Stülpen vermeintlicher Gewissheit? Durchschaut man nicht drei Zentimeter Türholz, würde der Vater meines Freundes fragen, wie will man dann ans Herz gelangen? Und was hat man dann in der Hand, wenn man glaubt, alles zu haben, nur das Herz nicht? Pocht es denn umsonst? Sollte man nicht die Türe aufreißen, wenn nötig, sie einschlagen, über das Organ herfallen, eindringen, es einverleiben? Es wird sich ganz sanft anfühlen, wie das Gleiten der Milch im Löwenzahnstiel. Wie unerlaubtes Tröpfeln weißer Süße.

Sofern Sie also Feuer haben, alter Mann, reichen Sie es mir und blicken mich dabei mit Ihrem Lächeln an. Wie lange haben Sie gewartet? Sich meinetwegen geduldet? Sehen Sie, man zündet Fackeln an. Zwischen den Büschen, auf der unteren Wiese, bis hinüber zum Hang. Rücken Sie also näher. Als sei es die freigehaltene Hälfte meiner Badedecke. Die linke, gleich neben mir, denn es ist still geworden. Die Feier scheint unterbrochen. Offenbar richtet man sich auf Neues ein, Verändertes. Aber das mit den Getränken hatten Sie gut gewählt. Ein Geschäft, das geht, sobald etwas ins Laufen kommt.«

Der Unbekannte kehrt zu den beiden auf der Bank zurück. Einen Karren hinter sich.

»Das Fest beginnt. Man muss sich schleunigst auf den Weg machen. Die nötigen Vorkehrungen treffen. Sich schmücken.

Girlanden, Laternen, Fähnchen, Mützenschilder, Stocknägel, Broschen, Nadeln. Sie finden alles in meinem Wagen. Wählen Sie aus. Natürlich dürfen Sie sich abstimmen, jung und alt, das macht sich gut. Beachten Sie auch die Fahnen- und Kranzschleifen, die Fransenbilder, die Festabzeichen, Plaketten in Emaille sowie Postkarten im Zweifarbendruck. Ich rate zu Rotfeuer, Fackeln, Sternregen oder Feuerwerkskörpern üppigerer Art wie Heuler, Saluts und Bombetten. Sie wissen, Rauch, er hinterlässt entsprechenden Geruch. Verständigen Sie sich. Die Altersdifferenz macht variabel. Vielleicht das Militärische durch ihn, plus Wappen und dergleichen, das Sprühen mehr durch sie, Feierschmuck mit Leuchteffekt, Fontäne oder Sonnenrad, beziehungsweise Wedel oder Fächer. Für Getränke ist gesorgt. Man bringt sie im Konvoi. Langhauber, Kurzhauber, Frontlenker. Transportmodelle damaliger Zeit.

Mir scheint, als spreche Sie das an«, wendet sich der Unbekannte an ihn, »ermuntert Sie, als ehemaliger Getränkehändler etwas dazu zu sagen. Haltung zu beziehen, respektive Stellung zu nehmen zum damaligen Transport. Das hat ja auch etwas mit Ihrer Vergangenheit zu tun. Dem Eigentlichen in Ihrem Leben, wenn man so will. Insofern werde ich Ihnen zuhören. Mir Zeit für Sie nehmen. Trotz Anderweitigem. Trotz der Ereignisse. Die Feier wird auch ohne uns beginnen.«

Sie erhebt sich von der Bank: »Führen Sie Ihre Unterhaltung ruhig fort, doch ich muss mich entschuldigen. Die Bühne ruft. Das Fest braucht meinesgleichen. Als junge Frau bin ich gefragt. Des Äußeren als auch der Rolle wegen. Von Ihren Schmuckartikeln mache ich keinen Gebrauch. Sie sind für jene gedacht, die applaudieren, nicht uns, denen der Beifall gilt. Doch tauschen Sie sich gerne weiter aus, so unter Zeitgenossen. Das Vergangene will angesprochen sein. Sich zu beeilen gilt allein für mich. Die Jugend gewissermaßen. Sie hat zu tun, allein der Zukunft halber, diese scheint ihr noch unendlich.

Soweit für jetzt, man wird sich wiedersehen, und sei es auf der Bühne.

Doch eines noch, vorab vielleicht, von meiner Seite, Ihnen beiden, dem Alter sozusagen, steht noch zu bekennen aus, die Scham, um Zärtlichkeit zu bitten, ich meine, die Scheu, für das Verbleibende, nicht noch Gewissen zu belasten.«

Er empfindet Unbehagen, mit dieser Botschaft zurückzubleiben. Sie davoneilen zu sehen, ohne die Lücke zu hinterlassen, die vertraute, zwischen ihr und ihm, in welche er verloren Geglaubtes fallen lässt, für gewöhnlich, als ob es ihm bliebe.

Nur zögernd wendet er den Blick von ihr ab, seinem unbekannten Banknachbarn zu:

»Was Ihre an mich gerichtete Frage bezüglich des Transports anbelangt, wurde es vom damaligen Getränkehandel zweifellos als Erleichterung empfunden, als von allen Seiten zu beladende Pritschenwagen auf den Markt kamen. Wobei Lang- und Kurzhauber gegenüber dem Frontlenker bei erhöhtem Raumangebot auch den Vorteil des größeren Wendekreises besaßen. Zudem fuhren sie wegen des längeren Radstandes auch komfortabler, und man saß einen Meter tiefer, was sich beim Einstieg bezahlt machte. Hinzu kam die bessere Isolierung der Fahrerkabine gegen Schall, Vibration und Abwärme. Darüber hinaus lässt sich eine Karosserie mit Motorhaube strömungsgünstiger gestalten als ein Frontlenker, was wiederum den Luftwiderstandswert und den Kraftstoffverbrauch senkt. Sofern die Räder über Notlauffelgen verfügen, halten diese das Fahrzeug selbst bei zerstörten Reifen einsatzfähig. Deflektierende Panzerelemente erhöhen den Schutzgrad zusätzlich. Besonders gefährdete Flächen des Fahrzeugs, vor allem die Sichtfenster, sind in einem Winkel von 20 Grad angebracht, wodurch die Geschosse hockender und liegender Schützen selbst bei größeren Kaliber nicht durchschlagen. Der Minendeflektor unter der Sicherheitszelle besitzt ein V-förmiges Profil und leitet die Energie möglicher Sprengfallen- oder Minenexplosionen zur Hälfte ab. Der Schutzraum besteht aus Stahl mit vier großen Panzerglasscheiben zugunsten einer vollständigen Rundumsicht. Er ist für die Aufnahme von fünf voll ausgerüsteten Soldaten ausgelegt. Die Überkopf-Waffenstation ist standardmäßig mit einem MG3 im Kaliber 7,62 x 51 ausgerüstet. Zusätzlich sind Rüstsätze für Granatwerfer angebracht. Es ist dem Schützen möglich, das Gerät unter komplettem Panzerschutz zu bedienen, sowohl bei elektrischer, als auch manueller Schussabgabe. Die Zielhilfe verfügt über Nachtfixiergeräte und erreicht eine vierfache Vergrößerung des zu eliminierenden Objekts.

Die Wirksamkeit der Ausstattung offenbarte sich, als unser Fahrzeug auf eine sechs Kilogramm Sprengkraft Panzermine fuhr und durch die Detonation zwei Meter zur Seite geschleudert wurde. Es entstand ein Krater von drei Metern und einem halben Meter Tiefe. Dennoch hielt die Sicherheitszelle mit der Waffenstation stand. Wir blieben einsatzfähig. Sichteten die Lage. Unmittelbar vor uns: Er und sie. Sie hatten sich nach dem Legen der Mine nur unzureichend in Sicherheit gebracht. Wollten den Zerstörungsgrat aus nächster Nähe registrieren. In scheinbar nicht zu bändigender Rachsucht.

Natürlich war sein Antlitz im Freibad fürchterlich zugerichtet worden. Von dauerhafter Entstellung gezeichnet. Einer Fratze gleich. Und auch ihr, obwohl die Schmach weniger stark nach außen trat, war der Grad der Verletzung anzusehen, die die anschließende Vergewaltigung hinterließ. Einerseits verlangte das geradezu nach Nachsicht und Verständnis. Andererseits mussten wir handeln. Die vierfache Vergrößerung herbeiführen. Den Lauf der Granatwerfer auf die verdächtigen Gestalten richten und den Abschuss tätigen.

Trotz Einbruch der Dunkelheit blieb unerklärlicherweise die Nachtzielanlage ausgeschaltet, sodass in einer Art Grauversprengung, unweit meines Standortes, nahe den Büschen, Endgültiges vor sich ging.«

»Sie sind sich darüber im Klaren, dass es sich um Fahnenflucht handelt, sofern Sie von der Sitzbank aus militärischen Planspielen nachgehen, während sich drüben, im Badegelände, die Truppe versammelt. Ich weiß, Sie haben mich nicht kommen sehen. Das

Erscheinen eines Polizeibeamten registriert man für gewöhnlich nicht gern. Zudem bin ich uniformiert. So kennen sie mich nicht, doch ist man als Polizist dem Soldaten verwandt. Das hat mit der inneren und äußeren Ordnung zu tun. Einer sowohl sichtbaren als auch unsichtbaren Gewalt. Manche beschwichtigen, sie läge lediglich auf der Lauer, für den Fall eines Falles. Aber dem ist nicht so. Sie lauert nicht, sie ist tätig. Stets und überall.

Dass es nicht auffällt, ist dem Angepassten geschuldet. Widerstand würde solcher Diskretion sofort ein Ende setzen und das Vorgehen postwendend augenscheinlich machen, das heißt die groß angelegte Lenkung an den Tag bringen. Denn jede Verweigerung wird unnachgiebig betraft. Militärische wie alltägliche. Ohne Umschweife. Ohne jede Geheimhaltung. Hart und unerbittlich. Aber das ist nur mein persönlicher Eindruck. Man darf die Situation durchaus auch anders bewerten. Sind es doch Einschätzungen, die mit jedem Tag meiner heranrückenden Pensionierung radikaler ausfallen. Ich meine damit, man bemerkt irgendwann, für wen man das alles tut. Im Krieg und im Frieden. Es ist ja nicht für einen selbst oder die anderen. Es ist immer für die Übermacht. Und diese muss nun einmal auf Gewalt bauen, würden ansonsten doch die Begehrlichkeiten ausufern, beziehungsweise die allgemeine Fantasie.

Zugegebenermaßen ist es gewagt, Beamtendenken auf das des Pensionärs zu übertragen. Schon alleine, da man als solcher keine Waffe mehr trägt und damit Gefahr läuft, in die soziale Falle zu tappen. Verbietet es sich doch, unsozial zu argumentieren. Zum Argumentieren allerdings, ist man ohne Waffe gezwungen.

Eigenartig, dass mir dergleichen Einsichten zumeist im Zusammenhang mit Ihnen kommen. Offensichtlich ist es ernüchternd, dem Alter ins Auge zu sehen.

Vielleicht sollte ich mich lieber Ihrem vermeintlich unbekannten Gesprächspartner zuwenden. Ihn bezüglich meines Vorhabens, Sie zu verhaften, um seine Meinung bitten. Wie ich vermute, wird sein Rat ebenfalls dahingehend ausfallen, sich unverzüglich zur Aufmarschzone zu begeben, um einer Verhaftung zuvorzukommen. Oder sollte ich mich etwa täuschen? Verstehen Sie das als Frage, wenn ich mich schon Ihnen zuwende und von ihm ab. Das müsste ich nicht. Ich gehe nämlich davon aus, dass Sie sich nicht ausweisen können. Einer von denen sind, mal da, mal dort, in Fleisch und Blut, als Werbeplakat, Model, Kippe, Glut, gewissermaßen von jetzt nach einst, Vergangenes, Zukünftiges und darüber hinaus, offen für Musik, vorbehaltlos, unbegrenzt, dauerhaft, dem Alter gewachsen, unsterblich vielleicht, gemeinhin jung und immer am Punkt.

Eine solche Zuschreibung erscheint mir durchaus realistisch. Ihr Gang ist erfrischend. Aufmunternd. Nahezu heiter. Sie erinnern sich, wir gingen zusammen. Leider konnte ich Sie nicht bis zum Schwabentor begleiten. Dem Ort der Kapitulation. Es liegt einfach zu weit zurück. Doch das Aktuelle fällt in mein Ressort. Ich überwache den Aufmarsch. Entlarve Verweigerung. Unterbinde Ausflucht. Jeder hat sich zu stellen. Das Unverbindliche hinter sich zu lassen. Das reine Erinnern. Den Traum. Das Malerische.

Es hat sich nun einmal vollzogen, ist nicht ungeschehen zu machen, das Begehren, die Täuschung, der Gewaltakt. Man ist verantwortlich. Lavieren ist nicht angebracht. Ein sich Winden im Für und Wider.

Falls Sie meine Ansicht nicht teilen, das heißt, die Angelegenheit aus anderer Warte betrachten, erwähne ich nochmals, dass ich Auslegungen zulasse. Auch wenn ich zunehmend das Extrem vertrete. Das Ausgefallene. Bizarre.

Ich wundere mich zuweilen selbst. Insbesondere, was meinen Übergang in den Pensionsstand angeht. Ich nehme tatsächlich Einschränkungen in Kauf. Durchaus auf mich bezogene. Man darf nun einmal keine unbedachten Vorgaben machen. Mittels Amtsmacht jemanden auf etwas festlegen und dabei vor Gewalt nicht zurückschrecken. Vielmehr ist es unerlässlich, sich rückzuversichern. Ich will damit sagen, den Puls zu fühlen, den man verursacht. Sich zu hinterfragen. Notfalls zu revidieren.

Aber hören Sie mir überhaupt zu? Ich habe bislang keinerlei Antwort von Ihnen erhalten. Auf keinen meiner Vorschläge. Und das, obwohl eine Festnahme im Raum steht. Wie können Sie sich derart unbeteiligt verhalten? Bei gegebenem Tatbestand? An Kriegsrecht ausgerichtetem Strafmaß? Ohne Aussicht auf Bewährung?

Sollten Sie weiterhin dazu beisteuern, meinen Appell zu missachten, das heißt, einer fortgesetzten Verweigerung Ihres Banknachbarn Vorschub leisten, muss ich mit dem Äußersten drohen. Mit dem Maximum. Der Krönung, wenn Sie so wollen. Sie wissen, was das bedeutet: Mobilmachung, mein Lieber. Wer ihr nicht nachkommt, wird erschossen.

Nun werden Sie mich zur Besinnung rufen. Dienst und Pflicht anmahnen. Alltag des Beamtendaseins. Auf Gewaltenteilung pochen. Verhältnismäßigkeit. Doch warten Sie. Verweilen Sie einen Moment. Besänftigen Sie Ihre Rebellion. Sie resultiert lediglich aus der Vernunft. Es werden Gefallene vor Ihnen erscheinen, den Diensteid auf den Lippen, nicht gesprochen, vielmehr gestempelt, aufgepresst, eingebrannt, von Beamten, mein Verehrter. Das ist es. Das Extrem. Das Sakrament. Die Salbung. Wehe dem Staatsdiener, in dessen Dienstzeit keine Mobilmachung fällt. Menschen nicht zu mustern, einzuziehen und an die Front zu schicken sind. Schießbefehl. Weigerung. Exekution. Denken Sie, man ist auf Leben ausgerichtet, mit allem was man hat und zieht in den Krieg.

Aber ich sehe, Sie haben mich nicht verstanden. Vermuten Verherrlichung. Doch kenne ich die Briefe in den Uniformtaschen. Die in Amtspapiere eingefaltete Hinrichtung. Ich sage Ihnen, das ist Mord. Mitten ins Leben hinein. In die Heimatpost. Beamte sind Mörder. Machen Sie sich das klar. Mord als Krönung. Dienst in seiner höchsten Form. Schreibtisch, Formular, Stempel, Beförderung, zwischen hier und dort. Aber das ist nur meine Einschätzung. Ich stelle lediglich fest, wo man sich doch orientieren muss, an etwas entlanghangeln, wenn die Pension den Anhalt nimmt und Versionen einen in die Mangel nehmen.«

Der Unbekannte und er erheben sich gleichzeitig. Sie warten die letzten Worte des Beamten nicht ab. Verlassen die Bank Richtung Schwimmbad und den sich dort ausbreitenden Festlichkeiten. Entgegen seinen Zweifeln allerdings, seinem Impuls zu zögern, der Tendenz zu taumeln, nach dem Arm seines Begleiters zu greifen, sich an ihm festzuhalten und in den rauen Stoff seines Ärmels zu krallen, bei derart widersprüchlichen Gedanken: Aufmarsch der Truppen, Getränkekonvoi, Warenlager, Bahnhofshalle, mediterrane Köstlichkeiten.

Das ist lange her, wirkt er beruhigend auf sich ein. Jetzt sitzt er lieber auf der Bank. Lässt sie an sich vorbeiziehen, die Erinnerungen, das Schwere, das Angenehme, das Leidliche. Besteigt gelegentlich den Turm. Blickt auf das Freibad. Wurmfarbenes Gewimmel. Wiesenpilze. Kindergekreische. Bademosaik.

»Gut, dass Sie einrücken. Der Feind hat sich bereits formiert. Wenn ich mich vorstellen darf, mein Name ist Mercy, General Mercy. Sie erinnern sich, Erbfolgekrieg. Man beschäftigt sich unwillkürlich damit, wenngleich auch, ohne es zu ahnen. Ich meine den Status Quo. Die militärische Lage. Der Österreicher, der Franzose, dazwischen die Stadt. Das hat sich eingeprägt. Ludwig, Turenne, Van Werth und all die anderen. Generäle, die hier versammelt sind, eben auf diesem Gelände, für Fragen bereit, Erläuterung von Hintergründen, ungeklärten Schlachtdetails, Befehlen im Einzelnen, Ausführung im Allgemeinen, Endlichkeit im Besonderen. Derartige Ereignisse werden nun einmal nur aus der Epoche heraus verstanden. Dem von Zeitzeugen nachvollziehbar Eingebrachten. Günstigenfalls den Kriegsknechten selbst. Schließlich sind auch sie zugegen. Gleich hier auf den Schwimmbadwiesen. Die Unsrigen auf der mittleren. Die Franzosen auf der hinteren. Die Bauern zwischen den Büschen. Braune entlang den Hängen. Versprengte halten sich am Kiosk auf.

Stören Sie sich nicht am Stacheldraht. Man möchte die Lager trennen. Sie tunlichst voneinander fernhalten. Unverträgliches nicht vermischen. Das gilt natürlich auch für Sie. Seien Sie nicht brüskiert, doch Sie sind gemeinsam angetreten. Als wären Sie ein und derselbe. Das schließt der Ernstfall aus. Er fordert die Trennung. Persönlich sich aufzuteilen. Sie, mit dem Wägelchen, zu den Händlern und Musikanten, und Sie, die Sie sich krampfhaft an ihm festhalten, zur Truppe. Dort braucht man nur den einen, der ohne den anderen nicht fühlt. Hielte er sonst doch den Vormarsch auf. Geriete ins Zweifeln. Ins Mitleid vielleicht, mit sich und dem Feind. Aber seien Sie unbesorgt, nach Kriegsende wird man bezeugen, Sie seien sich treu geblieben.

Doch Sie zögern. Zögern mit Ihrem Verständnis. Aber ich weiß, von was ich spreche. Erwarte, dass Sie das Gesagte unter keinen Umständen ignorieren. Schon gar nicht belächeln, beziehungsweise Ungenauigkeiten unterstellen. Schlachten sind austauschbar. Sowohl der Zeitpunkt, die Gegner, die Anführer als auch die Gefallenen. Was bleibt, ist die obligatorisch aggressiv gestimmte Heimatgrenze. Der ständige Dorn im Fremdenfleisch. Die Krone Christi, wenn Sie so wollen.

Nun fragen Sie sich, was ich, dieser abgehalfterte, mit tiefem Helm vermummte Schlachtenbummler von Ihnen möchte. Insbesondere den Stacheldraht betreffend, die Spaltung in diesen und jenen. Was hat es damit auf sich? Was will er nahe bringen? Die Antwort lautet: den Fall. Den Fall aus der Bewandtnis. Den Fall ins anonyme Vernichten. Aus aller Zugehörigkeit heraus. Dem hat man sich zu stellen. Dem Verlust des redlich miteinander Ringens. Des gegenseitigen sich Messens. Der Pfeil der Amazone, David und die Schleuder, schon sie kommen der Abkehr von der gemeinsamen Sache gleich. Kein Anfassen, kein Spüren, kein Hand geführter Waffengang. Täter, Opfer, dazwischen der Draht. Menschen entzweiender Höllendraht. Von da an schießt man ins Ungefähre und wirft von oben Bomben ab, die Wohnstuben für Brandkörper öffnen:

– Erna, mein liebes, liebes treues Herz, mein Seelchen … Nun kam die Nachricht durch, dass in der vergangenen Nacht die Stadt einen Terrorangriff hatte, mit hohen Personenverlusten und umfangreichen Gebäudeschäden. Furchtbar … Wenn ihr diesen Angriff nur gut überstanden habt und ich erst eine Nachricht von Dir hätte. Ich kann kaum schreiben, so voller Unruhe bin ich. Könntet ihr doch bei mir sein … Ich weiß ja, Du gibst mir sofort Nachricht, wenn Du kannst. Es wird ja auch für Dich die betreffenden Karten nach Terrorangriffen geben, um Angehörigen ein Lebenszeichen zu geben. Liebes, liebes Fraule, ich habe solche Angst um Dich. Wenn es doch den Luftbanditen einmal heimgezahlt werden könnte. Es werden lange Stunden sein, bis ich endlich Deine Nachricht habe … Seit ich dich kenne, bitte ich jeden Abend vor dem Einschlafen den Herrgott, mit der Hand auf dem Herzen, Dich zu beschützen. So will ich stark bleiben, in der Hoffnung, dass bald eine gute Nachricht von Dir kommt. Dich umschließt mit innigsten Gedanken in heißer Liebe. Dein Männle. –

Entschuldigen Sie, das ist eines Generals nicht würdig. Ich habe mich in unangenehmen Kriegsberichten verloren. Entsprechende Regungen zugelassen. In vernommenes Leid verstrickt. Vielleicht, weil man verletzlich ist, über die Zeit, obschon das Abgestumpfte wirkt. Sie verstehen, wie ich das meine. Man kommt zu selten zusammen, mit sich, bei dieser unentwegten Schlachtenfolge und wirkt bisweilen weinerlich, als ob man plötzlich spüre, nostalgisch gar, was nicht passieren darf, geht der Marsch doch stets voran.

Doch gut, dass Sie sich melden. Sich der Truppe anschließen. Das weckt in mir die Lust und hebt den Siegeswillen. Das Greise muss sich gegenseitig stützen. Den alten Lauf im Gange halten.

Nicht, dass Sie meinen, ich würde der Rolle nicht mehr gerecht. Zeige nunmehr Schwächen. Hielte dem Fortgang nicht stand. So unterschiedlich sind die Schlachten nicht, ich kann sie mühelos verbinden, wo doch die Jahre einen prägen und durchaus auch geschichtlich, dem roten Faden nach, dem Auf und Ab der immer gleichen Reiberei so, als käme alles wieder und sei im Grunde rund.

Nur eines, die Kluft betreffend, zwischen dem Blick ins gegnerische Auge und dem auf anonyme Feindesfront, sie bleibt mir allzeit fremd. Allein der Folgen wegen, dem Nachhinein, Sie ahnen, was ich meine, ich spreche von der Trauer: Keiner, der ihn einem nahm. Ein grober Griff aus irgendeiner Menge, von drüben, über Stacheldraht hinweg, nach einem Allerliebsten. Wie soll man ihn beklagen? Niemand, der ihn niederrang. Kein Schuld behafteter Gegner. Kein Opfer für den Racheakt. Die Täter bleiben verdeckt, als Punkte blinder Massen, die um das Leid sich sammeln wie anonyme Einschussscheiben, an denen jeder Schmerz erstickt. Das ist es, was mir die Rolle vergällt, als wirke der Draht noch nach, verletzend ohne Ende.

Doch verzeihen Sie. Ich weiß nicht, wie lange Sie meinen Hader schon über sich ergehen lassen, beziehungsweise sich längst von hier aufmachten, ohne dass ich es bemerkte. Über die Jahrhunderte haben sich meine Eindrücke verselbstständigt. Befinden sich im Fluss oder stehen still, leuchten in Farbe oder sind gleichbleibend grau, mit und ohne Ton. Und manchmal, Sie werden staunen, entfalten sie den originären Geruch.

Nicht, dass ich diese Zustände hervorrufe. Geschweige denn beeinflusse. Das liegt in der Hand der Zeit. Ich bin ihr ausgeliefert. Mein Einfluss bleibt auf die Schlacht beschränkt. Das Anleiten von Töten. Ansonsten waltet das Geschick. Das kosmische Geleit oder das, was man den Lauf der Dinge nennt. Damit das Rad nicht überdreht, wird ab und an geschossen. Das hält den Vormarsch auf und sorgt für nötige Pausen.

Insofern ist alles geordnet. Klagen macht keinen Sinn. Ob Sie sich hier oder dort aufhalten, mir zuhören oder Ihrer Wege gehen, es hat keine Bedeutung. Ich rede nur vor mich hin.

Nun aber zur Ehrenbezeugung. Auf den Wiesen bläst man schon zur Parade. Die Truppe ist formiert. Ein Vorbeimarsch, der sich sehen lassen kann. Zunächst der Tambourmajor, das Musikkorps, Spielleute, Pfeifer, Trommler, dann zwei Züge unter Gewehr, diverse Waffenarten, bevor die Fackelhalter folgen,

Schellenbaumträger und Kesselpauker hinten an. Der Oberst gibt das Kommando. Wirbel. Meldung. Salut. Serenade, wahlweise Hymne, Preislied oder Lobgesang. Helm ab zum Gebet. Abmarsch.Parade.

Doch gedulden Sie sich, das war nur der Vorgeschmack. Das Marsfeld hebt schon an zu beben. Der Triumphzug beginnt. Über den Circus Maximus, das Forum Romanum zum Kapitol. Jupiter wird ein Opfer erbracht. Dem Volk präsentiert man die Beute. Sklaven, Kunstschätze, Ehrengaben. Der Triumphator auf der Quadriga, Liktoren mit Lorbeer umwundenen Rutenbündeln, dann das Heer, so will es der Brauch, mit lautem Gespött: Feldherr Mercy alias Gilgamesch, der ewig junge Alte!

So wird skandiert und ich verlacht, man hat es zu ertragen. Die Meute weiß um meine Leidenschaft. Enkidu, das Wildtier. Mit Inbrunst von Schamkat, der Priesterin zum Menschen bekehrt. Ein Rivale, der meinen Siegeswillen entfacht. War ich doch König einst, Gilgamesch und ganz und gar Soldat, die Sinnlichkeit nur Beute, sprach Enkidu zum ersten Mal die Fülle an: Körper, Geist und Seele. Ebenbürtig im Griff, fest im Wort, treu im Bund. – Ich fühle Schuld, mein Freund, dich zu besiegen trat ich an. Als Sklave dich der Menge vorzuführen. Beute meiner königlichen Macht. Doch schon mein erster Schlag ließ mich erschaudern. Es schien, als wehrtest du ihn gar nicht ab. Als stürze er in wirbelnd abgrundtiefe Sphären, wo er verschmilzt, sanft, fast wie von Mutterhand, im Unermesslichen der Wasser. Welche Ruhe. Welch ein Frieden.

Ist das dein Kampf, du wilder Stier? Spülst du den Felsen, statt ihn zu sprengen. Dienst, in alles läuternder Kraft. Fast zart und sanft, mit allumfassender Geduld. Und sei es an der Zeit, dann zitterst du, du stämmig fließende Eiche, ergibst dich mir, der Schale deiner Quelle.

So besiege ich dich nie, mein Freund. Dein Antlitz wird glänzen, unbeschadet, gleichwohl ich es blutig schlug, mit Stangen dir zerschmetterte. Denn Schamkat, das Tempelweib, du wusstest um ihre Zugehörigkeit, fraglos war sie mein. –

Was blieb, das muss ich Ihnen sagen, war einmal mehr Gewalt. Erst ich, danach das Heer, Triumphzug, Salut, Vorbeimarsch, bis zum bitteren Ende. Die Marketenderinnen lachen. Schwenken tanzend ihre Röcke. Sie wissen Bescheid. Kennen den Lauf. Das Furchen im Glatten des Fells. Nur die kleinen Geschwister, sie will man nicht schrecken. Sie springen als sei Frühlingsreigen, Blütenkranz und Maiengesang. Die Schwester wäre nur baden. Sich kühlen im frischen Teich. Die Fächer aufgefaltet, gefiedert, im silberblauen Federglanz, damit das Grau verborgen bleibt, im Wellenkreis der Zeit.«

Der Unbekannte nimmt ihn beiseite:

»Sie hätten es beim Zuhören belassen sollen. Hätten den General während seinen Ausführungen nicht berühren dürfen. Zumindest nicht in dieser Weise. Das verhält sich wie mit jedem Verlust. Denken Sie an Ihren Getränkehandel. Da ist man verletzlich.

Ergreifend, wenn sie zum Ausdruck kommt, die Qual der alten Schlachten, aber ihn zu berühren war falsch. Unter keinen Umständen hätten Sie ihn anfassen dürfen. So über die Zeiten hinweg. Da verbrennt man sich. Und schon gar nicht mit einer derartigen Absicht. Das kann man Ihnen durchaus ungünstig auslegen. Erregungen sind nun einmal punktuell. Egal welchen Ursprungs, ungeachtet geschlechtlicher Vorlieben, das Historische ist davon frei zu halten. Sehen Sie nur, im Schatten seines Helms, das Gesicht, Furchen und Narben. Jetzt zeigen sie sich. Eben noch schien es unbeschadet. Nun wirkt sein Antlitz entstellt.«

»Sie haben natürlich recht. Als ich den Zaun zum Freibad überstieg, die Stange in der Hand und mich den Büschen näherte, wo ich die beiden vermutete, rief er sogleich, es sei kein Krieg. Es sei Liebe. Ich solle nicht auf die Schläger hören. Sie gar nicht erst beachten. Mich ihnen auf gar keinen Fall anschließen. Das führe zu nichts. Im höchsten Fall zu altem Schmerz.

Dasselbe sagte schon meine Mutter. Es wäre nicht der Krieg gewesen, dass der Vater ging. Es sei Liebe gewesen. Das müsse man verstehen. Sonst würde alles zum Krieg. Würde jeder zum Feind, der sich nach Liebe sehnt. Davon wären dann alle betroffen. Ausnahmslos alle, und man könne auf sie schießen. Auf die Masse schießen.

Diese Aussage musste es gewesen sein, an die mich die Worte des Generals erinnerten. Als hätten sie vom Gleichen gesprochen, er und meine Mutter. Das war es wohl, was die Erregung in mir auslöste. Berührungswünsche weckte. Meine Hand lenkte. Ins Widerstandslose. Ins Bedingungslose.

Sollte das etwa Gewalt gewesen sein, Übergriff, Vergewaltigung, wenn mir so war, als sinke ich im Verein? Zerschmelze in gemeinsamen Tiefen? Dringe in verborgene Winkel? Gelange zu ersehnten Gefilden? Entdecke unbekanntes Land?«

»Bemühen Sie sich nicht,« zeigt sich der Unbekannte unbeirrt, »Sie wollen nur Ihre Haut retten. Selbst wenn dies gelänge, würde es nichts ändern. Was Sie nicht tragen wollen, bleibt dennoch Last. Das erledigt sich nicht. Die Behörde ist weiterhin tätig. Das Gewissen auch. Ich rate zu französisch Filterlosen. Das bringt Ruhe. Lindert die Angst und befreit von bohrender Schuld, wo doch die Marketenderin gleich tanzt, hier oben, auf der Bühne. Man kann sie nicht übersehen. Schon gar nicht überhören. Weiß sie doch um den Krieg, um den Soldaten, das Anfallende im Tross. Um das Sorgen, Pflegen, Schlichten und um das Fassen wechselnd nackter Haut.

Sehen Sie, gerade betritt sie das Podest, mit Schnapsfass und Blumenhorn, zur Blasmusik, hinter einer Maske.«

»Treten Sie näher, meine Herren. Sie sind das Publikum, ich bin die Braut. Sie ahnen, wie ich das meine. Von wem dabei die Sprache ist: Von der Allerliebsten im Tross. Der Stummen im Kriegsgeschrei. Der Flüsternden in Todesangst. Der Labsal für die Wunde und der Forschen im Lagerbett.

Zumeist bin ich leise. Halte das Laute zurück. Brülle nur mit der Haut. Tose mit weißgelben Schenkeln und wandle das Rote in Hintergrundmusik. Dann wird getanzt, geraucht, getrunken

114

und gesungen. Die Hochzeitsnacht im Feld. Dafür sind wir da. Falls es sein muss, auch zu vielen. Nehmen jede fünf pro Nacht und insgesamt das ganze Regiment. Wenn nur kein Frieden einen stört und uns der Ablauf stockt. Denn ob die Heimkehr schadlos hält, ist leider völlig offen. Die Lust benötigt keine Front. Sie schleicht sich still ins Heimatbett, als gehe es auch ohne uns. Fragt sich nur wie lange.

Doch nun zur Tat. Wer ist der Freiwillige? Noch kleidet mich die Tracht. Gelegentlich ein Dirndl. Alsdann nur Wolle noch, mit Leinen darunter. Schon ist es nicht mehr weit, dann bin ich nackt. Wer will es also wagen? Hand anlegen an die Braut? Natürlich nur Soldaten.«

»Haben Sie es bemerkt«, stößt ihn der Unbekannte an, »sie schaut direkt auf Sie, als seien Sie ihr bekannt. Sie sollen wohl der Freiwillige sein. Sie scheint nicht davon abzubringen. Ich möchte jetzt nicht in Ihrer Haut stecken. Sind Sie doch gezwungen, sich zu stellen. Aus der Anonymität herauszutreten. Zu ihr aufzusehen. Kontakt aufzunehmen. Auf die Bühne zu steigen und ihre Nähe zu suchen.

Natürlich berührt einen so etwas peinlich. Verursacht Verlegenheit. Doch das gibt es. Kommt vor. Ist dann einfach so, und unversehens befällt einen das Gefühl des Ausgeliefertseins mit der einhergehenden Beklemmung.

Weiter auf den Boden zu starren ist jedoch keine Lösung. Der Teerbelag bietet keinen Ausweg. Auch wenn er brüchig ist, zum Häufeln mit der Schuhspitze anregt und von Käfern bewohnt ist. Sie müssen nach oben sehen. Den Blick auf sie richten. Tuchfühlung mit ihr aufnehmen und sich einlassen. Sie haben keine Wahl.

Doch seien Sie getrost. Es kommt ohnehin, wie es will. Man kann das Weitere nicht voraussagen. Dafür setzt es sich aus zu Vielem zusammen. Vor allem aus solchem, das wir nicht parat haben. Uns auch die Erinnerung nicht liefert. Eher noch davon wegführt. Durchaus ins Entgegengesetzte, sodass man alles auf den Kopf stellt, komplett dreht, entgegen jeder Schwerkraft. Das geht natürlich an die Gewissheit. Zieht einem den Boden unter den Füßen weg. Sorgt für reichlich Schwindel.

Aber sehen Sie. Sie schaut nicht mehr nur auf Sie, sie nähert sich Ihnen auch. So, als sei es abgemacht. Das war es, was ich meinte. Sie finden da nicht mehr raus. Es gibt kein Entrinnen. Es kommt unumstößlich auf Sie zu.«

»Weshalb warnen Sie mich? Es ist Ihnen doch bekannt, dass ich meinen Platz auf der Sitzbank habe. Ich gehöre nicht auf die Bühne und nicht in ein Heer. Es muss sich um ein Missverständnis handeln. Der Turmwächter wird es ohnehin bemerkt haben. Geht er doch von Regelmäßigem aus. Von Verlässlichem im Alter. Daraus wird man nicht abgerufen. Schon gar nicht einberufen. Sind doch die Blickwinkel längst eingeschränkt. Die Fähigkeit, sich zu öffnen, vermindert. Zumindest nicht bedingungslos und schon gar nicht gegenüber dem Kriegerischen. Das wäre ja auch Selbstüberschätzung.

Wann, frage ich Sie, haben Sie das letzte Mal gerobbt? Erinnern Sie sich? Gewehr in beide Hände. Auf die Knie. Flach legen. Flach, habe ich gesagt! Den Arsch runter, Sie Kröte! Runter mit dem Arsch. Robben. Ich habe gesagt, robben! Himmel, Arsch und Zwirn, so werden Sie abgeschossen wie ein Hase. Wie ein Russe mit der Fahne in der Hand. Sie sollen robben. Und den Arsch runter. Zum letzten Mal, den Arsch runter, sonst schieße ich Sie ab! Von wegen Freundin. Von wegen Kiosk. Von wegen Turm. Von wegen küssen. Sie sind ein Ausfall. Sie kriegen ja nicht einmal den Arsch runter. Das ist doch das Mindeste. Egal welcher Couleur. Ohne das geht das doch überhaupt nicht. So kann man doch kein Gewehr tragen. Nicht einmal einen Stock. Nicht einmal eine Stange. Das sieht doch immer nach mehr aus, als es ist. Sie können nicht einmal das Geringste. Nicht einmal eine Vergewaltigung ist Ihnen zuzutrauen. Von wegen Einvernehmlichkeit. Da braucht es Geschick, mein Lieber. Einfühlungsvermögen. Sonst kauft keiner was. Nicht einmal Brause. Sie sind bankrott, bevor Sie richtig angefangen haben.

116

Und jetzt tun sie nicht so, als ob etwas dazwischen wäre, zwischen Ihrem Arsch und der Grasnarbe. Gehen Sie runter. Da ist nichts. Hören Sie auf, sich etwas vorzumachen. Da ist nichts. Gar nichts. Nicht einmal Brause. Überhaupt nichts. Schon gar kein Getränk. Von wegen Getränkewagen. Bahnhofsshop. Nichts. Schaut alle mal her, wie er mit dem Holzschwert fuchtelt. Auf dem Brückenbalken reitet. Um sich schlägt. Auf Passanten eindrischt. Sie Österreicher heißt. Sich auf eine Begleiterin stürzt. Sie Schlampe, Soldatennutte, Marketenderin nennt. Sich auf sie wirft. Anstalten macht. Seht, jetzt ist er in den Bach gefallen. Sie lacht sich ins Fäustchen. Und ihre kleinen Geschwister erst. Kichernd kommen sie vom Spielplatz gelaufen. Zeigen mit dem Finger auf ihn. Ihr Begleiter zieht ihn aus dem Wasser. Macht dem Verlachten klar, dass kein Krieg ist: Sie wollte mich, nicht dich. Das ist alles. Mach kein Drama draus. Auf den Wiesen liegen keine Toten. Die Blumen darf man getrost pflücken. Da ist kein Blut dran und das Kreuz ist viele hundert Jahre alt. »

»Wende dich nicht gegen dich selbst«, ermahnt ihn die Marketenderin, »ich weiß, du schaffst es. Du bist ein guter Soldat. Betrittst ja schon die Bühne. Kommst mir durchaus nah. Könntest mich bereits anfassen. Einen Schritt weiter und du brauchst lediglich noch meine Hand zu küssen, schon geht es wie von selbst. Nur dieses eine, stille Schmeicheln noch und dir öffnet sich ein Paradies. Das Alter spielt keine Rolle. Hauptsache Soldat. Und hier der Faden. Ziehst du daran, fällt mein Kleid.

Natürlich darfst du mich zuvor noch bitten, meine Hand mehr anzuheben. Sie näher an deine Lippen zu führen. Sie gar zu berühren, beziehungsweise mich überhaupt dazu bewegen, nur ein Minimum von dir zu erwarten, das Nötigste allenfalls, sofern nur wenigstens ein Nicken bleibt von deiner Seite, sichtbar zum Publikum gewandt, damit im Nachhinein es niemand bezweifelt.

Du weißt, wie das ist. Wie es sich anfühlt, verschmäht zu sein. Als nicht gemeint verpönt. Besudelt, als hätte man allein begehrt und nicht zugleich der Andere. Deshalb die Geste. Das Signal, dass du es willst. Danach ist es gut. Nimmt alles seinen Lauf. Kommt jeder auf seine Kosten, wo man doch Erfahrung hat, als Käufliche in dritter Generation. Mit Unterbrechung zwar, doch Auszeiten sind nicht zu vermeiden. Es muss ja von innen her geleistet sein, über Bitteres hinweg, durch Zähes hindurch, an Abweisung vorbei.

Aber komm doch etwas näher. Ich möchte leiser sprechen. Dir ins Ohr flüstern. Es braucht niemand sonst zu erfahren, wie meine Großmutter litt. Bordelldienst leistete. Lustapparate betreute. Alles wegen einer kleinen Vergewaltigung. Einem minimalen Missachten des Einvernehmlichen. Einem nächtlichen Abrutschen ins Versehrte. Ungewollt, in einer beliebigen Badeanstalt. Schon war sie ausgeliefert. Irgendjemandem. Einem, der sich ihrer annahm.

So war das damals. Du darfst die Zeit nicht vergessen. Heute wäre das anders. Mit mir könnte man das nicht machen. Ich würde aufbegehren. Das Opfer herauskehren. Unrecht einklagen. Entschädigung fordern. Schmerzen geltend machen. Ob zurecht, sei dahin gestellt. Das hängt von der Sichtweise ab. Der körperlichen, moralischen, weiblichen, rechtlichen, hormonellen, psychisch-seelischen. Alles durchaus ernst zu nehmen, doch wenn ich deshalb Hure bin, denke ich lieber, es war nicht schlimm.

Falls du das nicht verstehst, können wir es gleich lassen. Dann ist dir das Spezifische nicht zugänglich, das Eigentliche der Prostitution. So gesehen, nimm dir, was du willst, ich meine das, was dir zusteht, ich habe dich schließlich auf die Bühne gebeten. Komm mir aber nicht mit Verständnisvarianten. Es geht ums Überleben, nicht um Mitgefühl.

Ja, da glotzt das Publikum. Ich spreche mit dem Herrn Soldaten Tacheles. Das regt die Neugier an. Die Frage nach dem, was hier von statten geht und das in seinem Alter. Aber was hätte meine Großmutter denn anderes machen sollen? Sie hatte einen

Konflikt. Der eine war Soldat, der andere übernahm das mit der Liebe, und die Alten forderten ebenfalls ihr Recht. Da war Gewalt vorprogrammiert und sie kroch bis ins Kleinste. Manchmal gar als Liebelei.

Das ist es, was niemand verstehen will. Diesen unvermeidlichen Zusammenhang. Ohne Liebe geht es nicht. Das ist Natur. Und auch nicht ohne jene, die sie einem streitig machen. Die den Sprung verwehren, aus der Herkunft heraus.

Aber springen will man, irgendwie, und schon ist man vogelfrei. Für einen Augenblick nicht mehr da und noch nicht dort. Omnipotent für alles.

In solch einer Phase genommen zu werden, ist ein Pflock. Eine Art persönliche Geradestellung. Eine jeglicher Abwägung zuvorkommende Festlegung auf den Einen. Eine Konsequenz übrigens, die ich als ungemein weiblich empfinde. Frei jeglicher Vorgabe von außen. Sehr feinfühlig und überaus selbstbestimmt. Alles, was noch folgt, ist zweitrangig, eine Empfindung, eine Anpassung, ein Nebenverdienst, ein Seitensprung, Frust, Verpflichtung, Sicherheitsvorkehrung, Langeweile oder Not. Solange es aber er ist, ist es Erfüllung.

Verzeih mir mein Ausgreifen, doch es will ausgesprochen sein. Das sind wir uns gegenseitig schuldig, das Publikum und ich. Im Übrigen verlangt es meine Rolle.

Eigentlich müsstest du meine Großmutter gut verstehen. Ihr irgendwie nahe sein. Zumindest gewogen. Bist du doch in ihrem Alter. Ich dagegen, kann nichts empfinden, bei dem Wenigen, das sie mir ließ. Da ist nichts zu vergeben. Fühlt man sich nicht verwandt. Nur jetzt, wo ich spüre, in deiner Nähe, wie eigentlich nie, möchte ich Anteil haben. Vielleicht lässt es sich vereinen, die Großmutter damals und dein Griff zugleich nach mir. Ein seltsamer Gedanke, der dennoch erlöst, alte Brüche bindet, zu schonen scheint, wie ernstes, tiefes Gedenken.

Natürlich hatte sie der Vergewaltigung entsprechend ein Kind geboren. Ein Mädchen, es wuchs mit Apparaten auf. Kaum war es geschlechtsreif und meine Mutter geworden, nahm es sich das Leben. Es war ja keines. Sie hörte nur Hubschrauber landen, meine Väter eintreten und Apparate in Gang kommen.

Ich tat mein Bestes, bis man mich holte. Mir Bildung statt Rohre versprach. Einkehr, statt wahlloses Ächzen.

Dann forschte ich, tief im Innern, doch finden konnte ich mich nicht. Erst später, im Tross, als die Soldaten von Gräueln berichteten, da klang es vertraut, wie blutrote Wiesen mit sich wälzenden Männern darauf.«

»Ich verschließe mich nicht«, entgegnet er der Marketenderin, »nehme das Offenbarte an. Empfinde auch Mitgefühl. Möchte jedoch dem Eröffneten die eigene Erinnerung vorziehen. Ich meine das mir lieb gewordene Stöbern in vertrauten Blickwinkeln, das ungestörte Kramen in dort sich Anbietendem und das Fabulieren daraus ableitbarer Begegnungen.

Wenn ich mich dennoch füge, wenigsten für den Moment, so nur der Tatsache wegen, dass es sich um eine Bühne handelt, auf der ich mich befinde, eine Soldatenrampe mit Publikum, ein Theater mit Akteurinnen, sozusagen Animation und nicht um Wirklichkeit.

So gesehen darf ich auch die für mich obligatorische Frage nach den Getränken stellen. Inwieweit das für die Vorführung zuständige Etablissement nicht ein entsprechendes Angebot vorzuhalten, beziehungsweise sich in ein gemäßes Logistiksystem einzuklinken habe. Böten sich doch durchaus geeignete an. Bedenkt man nur den vorüberrollenden Getränkewagenkonvoi und dessen, trotz aller Vorbehalte, marktgerechte Ladung. Man handelt eben nicht mehr nur mit Brause. Die Nachfrage hat sich erweitert. Richtet sich mehr und mehr auf Mixgetränke, wenn nicht gar ausschließlich.

Jedenfalls wäre man gut beraten, den General einzubeziehen. Er hat, wie er vorgibt, die Entwicklung langfristig im Auge und weiß das Zeitübergreifende vom sich Wandelnden zu trennen, vorausgesetzt natürlich, das Geschäftliche wäre überhaupt noch von Interesse in Anbetracht der neuerlichen Enthüllung. Der frisch entblößten Zugehörigkeit.«

»Rücken Sie zuerst das mit den Getränken zurecht«, ruft ihm der Unbekannte zu, »unterbinden Sie diese permanente Flucht vor Nähe. Das unsägliche Verflüssigen handfester Berührung. Ihr Handel ist passé. Ich rate zu rauchen. Dringlichst zu rauchen. Es würde nachhaltig binden. Wie Mörtel fungieren, oder Tradition, Festes sozusagen, das nicht sogleich wieder abfließt. Sich wie Pulver um die Darmzotten legen und bremsend ins Blut hinein wirken. Kaum käme dieses zum Stocken tauchte ein Bild von Zweien auf. Eine Art erwachendes Stillleben, das einen in vertrauter Begleitung zeigt. Flüsternd oder schweigend, summend oder seufzend, lächelnd oder weinend, jeweils auf sein Geleit bezogen. Sodann erklingt eine Melodie, die einander die Herzen öffnet. Kleine Wesen treten heraus. Man könnte meinen, Engel. Aber sie leuchten nicht, wirken eher matt und trampeln wie Kinder. Nur manchmal halten sie inne. Nicht, dass sie sich anders bewegten, nur um vieles ruhiger. Als gäben sie für diesen Moment ihren Willen ab und überließen sich Himmel und Erde.«

Ohne sein Bekunden zu unterbrechen, betritt der Unbekannte die Bühne:

»So etwas mögen Sie als Unsinn bezeichnen, als reines Fabulieren, doch rauchen Sie, wenn möglich französisch Filterlose, und Sie werden erleben, was ich versprach.«

»Lass dich nicht von ihm betören«, hält die Marketenderin entgegen, »es fehlt dir hier an nichts. Auf meiner Bühne ist für alles Platz. Du wirst auf deine Kosten kommen. In vollen Zügen trinken. Vorausgesetzt, du ziehst den Faden. Zögerst es nicht weiter hinaus. Lässt mich nicht länger warten. Ich bin bereit und will es wissen. Wir kommen nicht umhin. Du kannst es Schicksal nennen. Sühne bis ins siebte Glied. Doch das ist alles Wolkenfliegen. Hier geht es um Lust, und dafür braucht es Haut von irgendeinem blassen Fleisch, das sich allmählich rötet.

Kannst du es fühlen? An den zarten Kuppen deiner Finger spüren? Wie feine Härchen sich versteifen? Glätte zu kitzeln beginnt, zu schaben, reiben, scheuern, kratzen, beißen, stechen? Spürst du die Poren? Tausend Erektionen? Die winzig kleinen Sprünge über sie hinweg und das Vibrieren, Streifen, Spritzen. Perlentropfen, Rinnsal, Bächlein, da und dort ein Weiher, Mulden, wie in Ungeduld, wenn Fluten stürzen, aufbegehren, schaufeln, stemmen, Schenkel spannen, schlaffen, zucken, Lippen streifen und steigende Nässe den Kamm überschwemmt? Kannst du es fühlen? Spürst du das sperrige Gestrüpp am Schleim umspülten Schürfen?

Doch keine Hast. Bleibe ganz ruhig. Du darfst es erfahren. Bis tief ins Mark es wirken lassen und ständig wiederholen, bis es versiegt im Feuerwasser scharfer Munition.« – Mein Bein. Du sagst, es sei nicht schlimm. Ich sah es liegen. Nicht weit von mir. Fünf Schritte höchstens, wenn auch verschwommen, gemildert wohl, vom Schmerz. – – Wie sehr, glaubst du, dass ich mich sorgte? Ohne jedes Lebenszeichen? Nur Schweigen. Man hörte nichts. Nicht einmal die Tür, durch die du kamst, vom Krieg zurück, so unvermittelt plötzlich. Ich war verwirrt mit ihm. Doch Liebe ist das eine. Das andere, das bist du, und wo das Bein war, ist jetzt Nachkriegszeit. –

»Rauchen Sie«, beharrt der Unbekannte, »lassen Sie sich nicht von den Krücken abhalten. Man bekommt immer eine Hand frei. Muss nur innehalten. Sich auf das Sichere verlegen. Ans Feste lehnen. Den guten Halt. Im Fluss zu sein, das bringt nur scheinbar weiter.«

»Aber Sie wissen doch, dass ich es vorziehe, von Getränken zu sprechen. Den handelsüblichen, für gewöhnlich, wenn nicht gar ausschließlich. Solchen, die man von sich aus bestellt, sozusagen ordert, und den Zeitpunkt des Öffnens selbst bestimmt. Bei denen man von Anbeginn in den Trinkvorgang einbezogen ist, und zwar unabhängig von jeglicher Leidenschaft oder dem, dass das Liebliche sich erst danach einstellt.«

»Du stellst die Liebeswünsche hinten an,« beklagt die Marketenderin, »traust dich nicht an mich heran. Huldigst den Getränken. Sie sollen die Gewalt lindern. Den Krieg in deinen Zellen. Doch Gewalt ist immer im Gange. Ist keine Ausnahme. Niemals nur Geschichte. Findet unaufhörlich statt. Reißt nie ab. Ist kein Störfall. Immer gewollt. Unumgänglich für den Werdegang und Humus für die Liebe. Ich lebe nicht umsonst im Tross und muss es folglich wissen.

Im Übrigen kannst du es selbst beobachten, am oberen Rand deines Bildes, an der Stelle, wo der große Fluss in deine Erinnerung einfließt, unglaublich träge, beinahe, als stehe er still. Dort liegt der Zerstörer längst im Wasser und mit ihm, unausweichlich, die Gewalt. Nur der Langsamkeit halber bemerkst du ihn nicht. Könntest du ihn beobachten, würdest du ihn fortlaufend zerschellen sehen, an immer neuen Klippen, sich wieder aufrichten, erneut zerschellen, aufrichten, zerschellen, während die Insassen, stürzten, aufschlügen, ertränken, verbluteten, auflebten, aufstiegen, erneut fielen, und in der Schiffskajüte lägst du mit mir und der Großmutter als einer einzigen, durch Gewalt gespaltenen Frau.«

»Wenn dem so ist, zieh ich den Faden. Nähere mich dir ohne Bedenken an. Waren es doch die Jahre, die mich hemmten, die frische Haut an meiner alten. Nun aber weiß ich Bescheid.«

»Sie sollen nicht lieben, Sie sollen rauchen. Bedenken Sie, wer sie ist. Greifen Sie nicht nach ihr, greifen Sie nach Zigaretten. Und versuchen Sie nicht den Klippen auszuweichen. Das macht keinen Sinn. Das Boot wird bersten. Da hat sie recht. Daran kommt man nicht vorbei. Deshalb rauchen Sie. Bedienen Sie sich der Französischen. Passen Sie sich an. Bekennen Sie sich zu dem Gift. Nur so ist der Gewalt zu trotzen.«

»Aber man ist doch festgelegt. Besteht nun einmal auf Getränken. Favorisiert den prickelnd kühlen Lauf. Das Ein und Aus in ständigem Kreisen. Nur wenn es stockt, die Qual ins Auge steht, mit ihren Stacheln, wie von Draht, braucht es Brachiales, da stimme ich zu, auch wenn es davor graut.«

Der Polizist betritt die Bühne:

»Gut, dass ich Sie antreffe, nackt und in den Armen dieser jungen Frau. Einmal mehr haben Sie nicht mit mir gerechnet. Glaubten sich durch alte Zeiten gedeckt. Vom Krieg und seinen Undurchdringlichkeiten. Doch dergleichen Finten deckt die Fahndung auf, trotz Bühne, Rolle, Maskerade. Die Täuschung ist aufgeflogen. Der Rebell in flagranti ertappt. Erinnerung wird Fakt. Rasch lässt sich das Urteil fassen, Hinrichtung, mein letzter Akt, was bleibt, ist die Pension.«

»Lass dich nicht verängstigen, komm einfach näher heran. Lege den Arm um meinen Leib und taste die Bögen der reifenden Frucht, die Kathedrale, die uns heiligt, über Generationen, von Kind zu Kind und einen ahnungslosen Mann hinweg.

Doch es stimmt, man sieht sie kommen. Allen voran der General. Der Alte mit dem Narbengesicht. Dahinter das Erschießungskommando. Das Peloton der Macht. Exekution, man muss es ihnen nachsehen, sie folgen nur seinem Befehl. Niemand kann sich ihm entziehen. Auch ich gehorchte, gab mich seinen Wünschen hin und trage nun in diesem Bauch, den du so zögernd fasst, sein Kind gefügig aus.«

»Aber man darf das doch nicht verwechseln«, begehrt er auf, »muss doch die richtigen Schlüsse daraus ziehen. Die Sache nicht nur oberflächlich betrachten. Sie vielmehr von Grund auf angehen. Wenn ich hier auf der Bühne liege, so hat das doch seinen Grund, wie bekleidet und mit wem. Man hat sich schließlich geöffnet. Sich vom Tabakmissbrauch distanziert. Eindeutig den Getränken verschrieben. Und das mit dem Küssen ist lange her. Eine alte Hoffnung, doch dann kam der Krieg und das mit der Liebe war nicht mehr dasselbe. Es taten sich Verschiebungen auf. Ungewohnte Prioritäten. Veränderte Blickwinkel. Man konnte nicht einfach mehr zum Fenster hoch sehen und Feststellungen treffen. Musste abwägen. Die Folgen bedenken. Sich neu positionieren. Gelegenheiten kreieren. Anpassen. Abpassen. Zugreifen. Fakten schaffen. Es sei immer Erbfolgekrieg, sagte mein Vater, und danach wäre man zu alt. Könne nicht mehr davor zurück. Selbst wenn man aufmuckte, sich mutig entgegenstellte, es würde nur noch schlechter. Unaufhaltsam schlechter. Die Hoffnung geringer. Auswege rarer. Dafür seien sie ja auch da, die Kriege, dass der Felsen bröselt und der Sinn sich frisst.

Zwar stände es einem offen, etwas entgegenzusetzen. Aufzubegehren. Dazu wäre man auch bereit. Ließe sich umfänglich ein. Notfalls darüber hinaus. Blindlings sozusagen, ungeachtet aller Aussichtslosigkeit. Doch irgendwann gäbe man auf. So oder so. Würde eingezogen. Erhielte seine Uniform. Träte den Dienst an und schulterte das Gewehr. Könnte sonst auch nicht ruhig schlafen, so gegen den Strom. Gegen die allgemeine Pflicht. Die generelle Ordnung. Erklömme die Bühne. Küsste ihre Hand. Zöge den Faden. Schmiegte sich an, umfasste den Bauch, das Kind und trüge die anhängigen Folgen. Geradeso, wie das Publikum es verlangt.

Dann würde nach dem Beamten gerufen, die Festnahme vorgenommen, das Urteil gefällt, die Hinrichtung vollzogen. Darum ginge es. Das sei der Sinn. Die Exekution. Stangen, Rohre, Aststumpfhacken. So habe ich ihn ausgeschaltet und sie hernach genommen. Nun regt er sich, wie untot, und sie treibt mahnend im Teich. Ständige Scharmützel. Der Rettungsring hängt an der Kabinenwand. Kein Eingriffsgrund. Kein Notfall. Normalfall. Ein stetig sich beugendes Beugen. Und die Flecken, die man sich dabei holt. Diese Erdflecken. Das Bräunliche, das sich der Haut aufreibt. Anhaftet. Einschmiert. Tiefdringt. Ohne jegliche Eigenbewegung, nur durch das Auf und Ab von oben und reichlich aufkommende Feuchte. Sogenannte Prägefeuchte. Als würden althergebrachten Stempeltechnologien entstammende Graviersysteme mobilisiert, archaischen Stanzgestellen gemäß, die wie simple Befleckautomaten verführen. Nicht abwaschbar. In keinem Teich abwaschbar. Schon gar nicht abzuschlecken. Für alle Zeiten nicht abzuschlecken.«

»Ja, sauge nur an meiner Brust. Am frisch gefüllten Busen der vorzeitig Geschändeten. Trinke die Milch. Den Sühnetrunk, früh eingeschossen und für den Spross des durch dich Entstellten bestimmt. Trinke und spüre, sie ist nicht tot. Trotz allen Frevels, sie lebt. Du dagegen fällst. Die Gewehre sind auf dich gerichtet. Er gibt das Kommando. Es war dein Krieg. Für sie gab es ihn nie.«

»Und Flucht? Warum rät man mir nicht zur Flucht? Erwägt das Naheliegende nicht, zu fliehen, zu flüchten, davonzulaufen, wenn dem so ist? Man wäre doch nicht an das Fenster gebunden. Den Turm. Das Freibad. Die Sitzbank. Die Litfaßsäule. Das Elternhaus. Die Erscheinung. Niemand dürfte einen festhalten, wo man doch nur so dabei war. Nicht irgendwie verbindlich war. Ich meine, niemandem verpflichtet war, ganz ohne Bezug und Nähe. Und falls davon die Rede sein könne, so doch nur flüchtiger Art. Gerade so, wie sie sich auf öffentlichen Sitzbänken anzubahnen pflegt. Ganz ohne eigenes Zutun. Und wäre man gewillt gewesen, es abzuwehren, hätte man nicht einmal das Recht dazu gehabt.

Natürlich kann man es mir als Fehler auslegen, dass ich nochmals das Freibad betrat. Nach solch langer Zeit und in meinem Alter. Die Schlägerbande nicht längst hinter mir ließ. Wo es doch auch überhaupt keinen Sinn mehr machte, bei derart schwindenden Kräften. Sich breit machender Müdigkeit.

In meiner Lage darf man sich nicht mehr vergleichen. Das wäre schlichtweg vermessen. Muss sich den Gegebenheiten stellen. Der Tatsache, dass sie nicht mehr jung und schön ist. Es sich um Überholtes handelt. Um lediglich in der Erinnerung bewahrte Züge.

Diese Einsicht hätte dem Spuk sofort ein Ende gesetzt. Einen ungeniert ins Jetzt geleitet und damit der Gewissheit zugeführt, dass man das Schwimmbecken hätte alleine aufsuchen müssen. Sich dem alternden Antlitz ohne der Jugend aussetzen. Ohne ihre Begleitung. Ohne der Winkenden. Und schon gar nicht der Szene auch noch Kriegsschauplätze zuordnen, Schlachtfelder, Generäle, Soldaten, Marketenderinnen. Das wirft doch ein fahles Licht auf mich. Sowohl auf mein Anliegen, wie auf meinen Zustand insgesamt. Das kriegerisch Sexuelle daran. Es müsse mir doch klar gewesen sein, dass man dergleichen gegen mich vorbringen würde. Man mich auf diese oder ähnliche Weise bloßstelle.

Und wie konnte ich den Unbekannten missverstehen? Seinen Einfluss darauf, die Dinge auf den Punkt zu bringen, örtlich, zeitlich, personell, gleich einem unbestechlichen Sog, der alles staut, was sich der Glut entreißt, derart unbeirrt, als fielen zeitgleich Schanzen, stießen Bajonette und Blut färbe die Wiesen rot.«

»Zu spät, Soldat. Auch wenn du Einsicht zeigst und willig mir die Hand küsst, der Strafe entgehst du nicht. Sie wird dich dennoch treffen. Selbst wenn du fliehen solltest, fände dich mein Pfeil. Erhoffe keine Nachsicht.

Natürlich überrascht dich meine plötzliche Strenge. Das Schonungslose, das dem Anzüglichen so unvermittelt folgt. Glaubtest du doch, ich sei dir wohl gewogen. Dir vornehmlich gut gesinnt. Aber darin hast du dich getäuscht. Bist einem Irrtum verfallen. Das Urteil, es war längst gefällt, weit vor deiner Tat bereits, so, als sei sie Teil der Strafe selbst.«

»Aber das wäre ja Gewalt. Wenn das so ist, muss es sich doch um Gewalt gehandelt haben, die ich durch dich erfuhr. Um Willkür, der ich ausgesetzt war, wenn nichts einen Grund und eine Folge besaß. Und zwar seit meinem ersten Blick auf dich. Als sei bereits mein erstes Schauen, die Ferse gewesen, in die du stachst. Unabwendbar vorausbestimmt und ohne irgendeine Aussicht. Schon als Geschlecht, scheint es, war ich dir ausgeliefert.

Erst Beistand, dann Täter, wie soll ich das ertragen? Ohne Hoffnung auf Entrinnen? Irgendeine Form von Flucht? Du weißt, wie ich das meine. Was ich damit ins Spiel bringe: Jenes weiträumige, durchaus gängige Ausweichen, auf dessen verschlungenen Wegen so manches in Vergessenheit gerät und eventuell, bis zum Erreichen einer anvisierten Ferne, sich unversehens die Möglichkeit auftut, nochmals gänzlich neu zu beginnen. Zunächst im Denken, doch auch im Empfinden, im Ansatz zumindest oder einem der Kernpunkte vielleicht.

Die Erinnerung würde zweifellos Rückhalt bieten. Darin ist auf sie Verlass. Weiß man doch um ihre Hingabe, ihr Williges und Reines, worin sie stets zu nehmen und zu gebrauchen ist. Verstand sie sich doch immer schon als treu dienende Begleiterin und unterscheidet sich, solchermaßen geschmeidig, entsprechend angenehm vom Groben des Jetzt.

Wie anders soll ich es benennen, wenn du mich plötzlich so bühnenreif verlässt? Dich fort machst, ein wenig wie in Windeseile, mit Pfeilen bewaffnet und einem Bogen womöglich? Hoch zu Ross jedenfalls und etwas trotzig auch, obschon ich dich dringend brauche? Mich Mordsoldaten überlässt, die gleich mir jenes Leben nehmen, dem eben noch deine Neugier galt? Dein selbstverständliches Interesse? War sie das also, deine Lust auf die meine? Bis hierhin und nicht weiter, als wäre die Sehnsucht nach Rache gestillt?«

»Greifen Sie zur Zigarette«, beharrt der Unbekannte, »warten Sie nicht länger ab. Bitten Sie ein letztes Mal um Feuer. Zünden Sie den Stängel an. Man vernimmt bereits Marschmusik. Die Soldaten sind im Anmarsch. Sie durchschreiten die Schwimmbadpforte. Die Gewehre sind angelegt. Das Opfer im Visier. Man ist zur Hinrichtung bereit.

Sobald Sie den Rauch inhalieren, reiche ich Ihnen meine Hand und leite die Ballade an. Den Todesreigen. Soldaten tanzten ihn schon immer, den Ringelreihen, in Gräben, zu Paaren und zu Ketten, bevor sie starben als Täter ihrer Opfer, ganz unter sich, im fernen Klang zur Blasmusik gegrölter Lieder.«

»Allmählich dämmert mir, dass ich Sie kenne. Sie mir kein Unbekannter sind. Sie ließen den Klang meiner Tat nicht verstummen. Haben den Ton ins Gesicht meiner Mörder gebannt. Soldatinnen und Soldaten, sie sind mir wohl vertraut. Selbst Freunde weilen darunter, alte, liebe, feste, treue. Ist das der Punkt über dem Frauenmund? Kameraden auf dem Brückengeländer? Oder du, Mutter? Vater? Trifft man sich wieder, als wären es immer die Gleichen? Seid ihr es, Geschwister? Kinder? Welche

Geschwister? Welche Kinder? Was schaut ihr derart streng? Fühltet ihr euch nicht bedacht? Glaubtet ihr euch vergessen, wo ich doch zu tun hatte? Ausreichend zu tun hatte. Mit Getränken zu tun hatte. Schon, damit man jemand ist. Ein Rädchen ist. Nicht nur Widerstand ist. Kein Störfaktor. Kein Toter am Hang.«

»Nun reihen Sie sich freudig ein. Es gilt jetzt auszuschreiten. Nach meinem Takt den Rhythmus zu springen. Die schwenkenden Arme an Händen gefasst. Die Augen auf das Elternhaus gerichtet. Der linke Fuß in Richtung Bank, der rechte beigestellt. Dann überschwingen, zweimal kreuzen, mit der Spitze auf den Asphalt tippen. Den Blick mit leichter Wendung zum Turm hinauf und gleich darauf zum Fenster. Jetzt heben wir die Hand, drehen uns um unsere Achse und verlassen, an einer bunten Säule vorbei, Wiesen verhüllende Schatten.

Zeitgleich mit den Schüssen.